名家寫作教室

小學生必學的記敍文寫作

周蜜蜜 著

新雅文化事業有限公司
www.sunya.com.hk

名家寫作教室

小學生必學的記敍文寫作

作　　者：周蜜蜜

插　　圖：李亞娜

責任編輯：陳友娣

美術設計：陳雅琳

出　　版：新雅文化事業有限公司

　　　　　香港英皇道 499 號北角工業大廈 18 樓

　　　　　電話：(852) 2138 7998

　　　　　傳真：(852) 2597 4003

　　　　　網址：http://www.sunya.com.hk

　　　　　電郵：marketing@sunya.com.hk

發　　行：香港聯合書刊物流有限公司

　　　　　香港荃灣德士古道 220-248 號荃灣工業中心 16 樓

　　　　　電話：(852) 2150 2100

　　　　　傳真：(852) 2407 3062

　　　　　電郵：info@suplogistics.com.hk

印　　刷：美雅印刷製本有限公司

　　　　　九龍觀塘榮業街 6 號海濱工業大廈 4 字樓 A 室

版　　次：二〇一九年六月初版

　　　　　二〇二三年七月第三次印刷

ISBN: 978-962-08-7325-6

前言

周蜜蜜

我常常為了推廣閱讀和寫作，到不同的學校去演講和教學，也常常聽到不少學生抱怨作文難，寫作難。這似乎是許多學生都要共同面對的問題。

作文究竟難不難？有什麼方法可以解決這樣的困難？

然而，每一個學生都需要學習和掌握語文知識，更要不斷地提升自己的寫作能力。我們不是為了作文而作文，每每寫一篇文章，其實都應該是和我們的生活有相應的關係。因此，我特別為小學生編寫的這一套叢書，希望通過一些貼近我們生活的故事，幫助小讀者學習和了解一些不同的文類，例如記敍文、說明文等等的寫作知識和方法，同時也希望能進一步開放文字的空間，讓大家享受到閱讀和創作的樂趣。

親愛的小讀者，當你看完這本書，並且根據書上的建議去思考和練習，多方發揮自己的寫作能力，那麼，我相信，作文對於你來說，就會和書中的小主人公那樣，將不再是一件艱難困擾的事情，說不定還會自然地愛上了哩。

兩岸四地小學生神州遊學團

　　今天是放暑假的第一天，應該不用上學了，但是，我卻比平時上學的時候起得更加早，心情也特別的興奮和緊張。

　　為什麼會這樣的呢？

　　事情還要從我的表哥說起。

　　我的表哥鍾偉光，只不過比我大兩年，可他就常常會在我面前「擺款」，處處顯得他更比我見多識廣的樣子。

　　尤其是兩年前的暑假，他參加了一個「兩岸四地小學生神州遊學團」回來，神氣的不得了，在我面前不停地吹噓，令我羨慕極了：

　　「梁靜雯小表妹，你知道嗎？我們遊學團去的是人間仙境張家界，張家界呀！你聽到過個那地方嗎？奇峯怪石，高入雲霄，就連荷里活最賣座的科幻電

影，也要採用那裏的美景！人走在上面，就像騰雲駕霧似的，飄飄欲仙！那種感覺，真是難以形容！」

表哥激動地説着，兩隻眼睛發出異樣的光芒。他的這種神情，是我以往從來沒有見過的。

事實上，那部荷里活的科幻電影，爸爸媽媽也帶我去看過，3D立體大銀幕放映的，景觀鏡頭十分宏

偉壯麗，令人有一見難忘的震撼感，而表哥竟然真的能身臨其境，怎叫我不艷羨啊？人間仙境張家界，實在是太令人嚮往了！所以，我希望表哥可以給我多介紹一些他所參加的遊學的情況。

他當即搖頭晃腦地說：

「精彩啊！實在是太精彩了！我們的遊學團本身就非同一般！這也是可想而知的嘛，把深圳和台灣、香港、澳門等兩岸四地的小學生精英集合在一起，到我們國家最有歷史文化的名勝古跡去遊覽、學習，還有什麼比這更寶貴的經驗呢？而且一去就是一個星期時間，每一天，不，簡直是每一時、每一刻都過得很充實，很有意義的呢！我不可能一、兩次就對你講得完的。」

看他要賣關子，我忍不住說：

「那你就分五次或者十次講嘛，我是很期待，很想聽的啊！」

「好啦，好啦，靜雯表妹，遊學團的精彩經歷實在是一言難盡的，從今以後，我有時間會慢慢告訴你的。」

表哥點頭應承了。

　　誰知道，他一升上中學，功課越來越多，我們見面的時間就越來越少了，即使是見到面，也說不上幾句話就要離去，趕着回家溫習功課什麼的。關於那一次遊學的事情，他也只是斷斷續續地告訴我一些罷了，遠遠不能滿足我的好奇心。

　　時間過得真快，轉眼之間，兩年就匆匆過去了，我在小學的最後一個暑假馬上到啦！我在表哥的爸爸媽媽，也就是我的姨丈和姨媽的推介下，報名參加了今年的「兩岸四地小學生神州遊學團」。當然，這樣有意義的活動，許多家長和小學生都紛紛爭取參加，要經過不少面試和甄選，實在是過了一關又一關，最後才能被確定成為正式的團員。

　　盼啊，盼啊，終於盼到遊學團準備出發的日子啦！在這個暑假期間，全體團員將要到貴州的少數民族地區遊學一星期，這可是我有生以來的第一次不跟父母家人出外遠行呢，真是太刺激、太期待了！當然，這件事由於包含了許多的未知之數，令我的腦袋中也少不免有種種說不出的擔心和憂慮……

就這樣，昨晚我躺在牀上，卻像是熱鍋中被火烤油煎的魚兒那樣，不斷地翻過身來想這想那的，比如：

貴州那地方好玩嗎？風景有沒有張家界那樣優美？

聽說貴州也有很多山，我爬得上去嗎？

那地方的少數民族，和我們有什麼不同呢？他們吃什麼？穿什麼？喜歡做什麼？玩什麼？

要和來自兩岸四地的小學生一起遊學，將會是怎麼樣的呢？我和所有的團員都能相處得好嗎？

疑問一個接一個的在腦海浮現，想着，想着，我根本就不能安心入睡。加上擔心自己聽不到鬧鐘響，睡過頭，我差不多每隔一段時間，就查看一下鐘點，簡直一點兒睡意也沒有。一直等到天亮，預定的起牀時間差不多到了，我便一骨碌地起來了。

「哎呀，雯雯，你怎麼會這麼『知醒』的？是不是一夜都沒睡好呀？」

媽媽像是洞悉一切地問。

我只好默默承認了。

「這也難怪，畢竟是第一次跟集體外遊嘛。不過，

雯雯你不用太緊張的，一切聽從帶隊老師的指揮就可以了。」

爸爸走過來，和顏悅色地說。

我盡量放鬆心情，對他笑了笑。

媽媽讓我吃了一頓豐富的早餐，又叫我檢查一下行李和隨身攜帶的證件、物品，確定所有的東西都沒有問題和遺漏，就送我出門乘搭地鐵列車，再轉往高鐵站。

一路上也很順利，不用半小時，就來到高鐵站了。

高鐵，就是高速鐵道列車。

建在市區中心的高鐵總站，不久之前才落成啟用，我還是第一次到這裏來呢。

據說這是世界規模最大的地下車站，整個車站的頂部設計成大大的弧形，裏面就分為五層，由高至低分別為地面大堂、售票大廳、入境層、離境層及月台層。顯得寬敞、明亮又有氣派。

根據通知，「兩岸四地小學生神州遊學團」的團員們，要在離境層集合。

眼下，來來去去的人真多！可我一上到離境層，就看到了那面鮮豔的旗幟，由帶隊的王秀賢老師持在手中，便急步走了過去。

原來有幾個本地的團員已經來到了。

我即刻向王老師報上自己的名字，然後再和大家站在一起等候。

過了一會兒，十位從澳門、台灣過來的團員，以及他們的領隊老師，也一齊到達了。

點齊人數之後，老師很快為我們辦了過境入閘的

手續，大家順利地登上了高鐵列車。

車廂裏的座位很舒適，老師安排各位團員落坐。

「你好，我是張志明，明理小學的六年級學生。」

一個身材高高瘦瘦的男團員走過來，大大方方地對我說，然後坐到我旁邊的座位上來。

「你好，我也是六年級的小學生，叫梁靜雯。」

我連忙回應。

「我剛才聽到王老師點你的名了，你是新風小學的，對嗎？」

張志明又説。

「對啊，原來你早就留意到了。」

我不由得一笑，緊張的心情完全鬆弛下來了。

「嗨，你們好。我是從台灣來的，五年級的陳海珊。」

忽然，一個臉龐圓圓的女生，從前面的座位探過頭來説。

「呵呵，你好！你好！」

張志明和我一齊笑着説。

「我還是第一次參加這樣的遊學團呢，張志明、

梁靜雯同學，請多多關照。」

陳海珊朗聲說。

「我也是第一次出遠門，我們相互關照就好了。」

張志明說出了我想說的話。

「哈哈哈，你真爽快，先謝啦！」

陳海珊笑起來說，周圍的同學也笑了，車廂裏充

滿歡樂的氣氛。雖然上車之前，大家都是第一次見面，感覺陌生，但現在彼此之間已經沒有什麼隔閡，紛紛相互交談起來。

不一會兒，列車開動了。

只見張志明從背包拿出一個平板電腦來，很用心地看着。

我禁不住瞄了一眼，瞥見屏幕上顯示出「驚喜無窮的貴州之旅」的字體，還連帶有許多圖片和視頻。啊，這傢伙真聰明，這麼會在網上搜集資料，為這次遊學先「做功課」。我不由得在心裏暗暗叫好。

　　不料，張志明發現了我的目光，抬頭就說：

　　「這是有關貴州的資料，你想看嗎？」

　　我不好意思地紅了臉，搖頭道：

　　「不用了，謝謝你，我可以看自己的。」

　　於是，我也拿出自己帶的平板電腦來上網，找到不少和貴州有關的各種資料，圖文並茂，十分豐富：

　　「貴州是中國西南部的內陸省份，總面積為約十八萬平方公里，百分之九十七是山地，只有百分之三是平坦的河谷地帶，平均海拔一千公尺，壯觀的高原上遍布峽谷和梯田，是最為迷人的貴州山地風光。幾個世紀以來，貴州這個擁有豐富喀斯特石灰岩地貌的地區，受高山阻隔幾乎與世隔絕，但最原始的面貌卻得以保存。這裏屬亞熱帶季風型高原氣候，年平均溫度為攝氏十五度，氣候溫和濕潤。冬無嚴寒，夏無酷暑，有『天然空調』的美譽。（資料源自香港旅遊

發展局的網站。）」

原來貴州是一個這麼特別的地方！我深深地被吸引住了，眼睛的視線再也離不開平板電腦。

不知不覺間，高鐵列車已到達深圳站，停了下來。

老師指揮我們下車，再轉乘另一列火車，有八位來自中國內地的遊學團新團員也加入了，我們熱烈地拍手歡迎，這一下，全團的團員都到齊了，車廂裏充滿了友好和歡樂的笑語。我們的遊學旅程正式開始啦！

我在平板電腦上開出一個新文檔，準備記下每一天的行程和新鮮事物。嘿嘿，偉光表哥你知道嗎？我們這次的遊學地點和行程，絕對不會比你的那個差，我，也不會像你那樣，只說什麼「一言難盡」的，你就等着看我寫的吧！

嗯，至於怎樣把旅途上每天的所見所聞寫得好，寫得引人入勝呢？

我看着平板電腦的屏幕，開始思索起來。

美景天成

「呵呵呵，快看看這窗外，有好多綠色的小山峯，風景很美麗啊！」

坐在前面的陳海珊，忽然興高采烈地拍着手叫起來了。

大家聽了，也一齊向車窗外張望。

只見滿眼都是綠色的山峯，一座座拔地而起，形狀千奇百怪，有的甚至峭然直立，一些石頭的筋絡清晰可見。

「我們的高鐵列車已經開進了廣西的賀州。」

坐在我旁邊的張志明說。

「啊，這車的速度真快。」

我不由得感歎。

「這些綠色的山峯好奇怪！」

前面的陳海珊又說。

坐在她旁邊的一個女生，從深圳來的五年級小學生何芳芳說：

「這是喀斯特地貌。去年暑假，我和爸爸媽媽去過韶關的丹霞山景區，也是這樣的。」

「為什麼叫喀斯特地貌？那是什麼意思？」

陳海珊好奇地問。

何芳芳不慌不忙地回答：

「喀斯特地形，英語名稱就是 karst topography，指的是溶蝕地形、石灰岩地形，也可以說，是具有溶蝕力的水，對一些可溶性岩石進行溶蝕等作用，因而形成的地表和地下形態的總稱。」

「呵，你知道的真多，真了不起！」

陳海珊佩服地說。

「因為我是去實地遊覽過。記得導遊叔叔還告訴我們，中國喀斯特地貌分布很廣，面積很大，大約有九十一至一百三十萬平方公里。其中以廣西、貴州和雲南東部佔的最多，是世界有名的、具規模的喀斯特區……」

何芳芳耐心地解釋着，周圍的人聽到，比如我，

都覺得長知識了。

這時候，車窗外變暗了——列車正在穿越隧道。

接着，暗復明、明復暗，接連穿過了好幾個隧道，證明我們的列車是在山區裏行駛着。

「桂林！到桂林了！是山水甲天下的桂林啊！」

這次是何芳芳在叫了。

我向車窗外一望，果然見到了有「桂林站」字樣的車站牌。桂林，這既是喀斯特地貌的地區，更是聞名世界的風景名城啊！我心中一陣激動，收起平板電腦，只管向車窗外看：入目的山水十分秀麗，令人心曠神怡。我們的國家，地大物博，到處都有天然的美景，山川秀麗如畫，走不完，也看不完，真是令人感到無比幸福和自豪！

從桂林站重新開動以後，列車繼續高速前行。

很快地，列車便到達貴州省的從江了。

我們一行三十三個師生下了車，剛剛走出車站，就見到一片翠綠的植披景色，一陣陣銅鼓夾雜的歡叫聲迎面傳送過來：

「歡迎！歡迎！」

原來是當地的師生們，組成了一支快樂的歡迎隊伍，拉着大幅橫額，敲鑼打鼓地到車站來迎接我們！

正當我們不知道如何表示感激之情才好，幾位女同學拿着一束束花環，分別為我們戴在脖子上，感覺美極了，不止是外表上，而且一直到心裏頭，都是美滋滋的呢！

我們笑着、跳着，相互擁抱，拍照留念，就像一見如故的好朋友。

然後，我們全體團員在老師的帶領下，乘上大型的旅遊汽車去住宿的旅館。在車上，老師詳細地給我們介紹了當地的情況。

我們目前所處的從江，是中國貴州省黔東南苗族侗族自治州下轄的一個縣，它的地理位置屬於貴州的東南部，毗鄰廣西壯族自治區的三江侗族自治縣。這裏四季如春，氣候宜人，全年的平均氣溫是攝氏十八點四度，屬於中亞熱帶溫暖類型。而地形處在雲貴高原東南邊緣低山丘陵地帶，全縣有大小山峯一千六百多座，最高峯是九萬大山元頭界峯，有海拔一千六百七十米高。

這裏的水源豐富，河流縱橫，所以有許多水果和中藥材生長，盛產椪柑、香菇、木耳、天麻、杜仲、黃柏和五倍子等等。

另外，這裏還有各種各樣的礦資源，包括金礦、鐵礦、鋁土礦、錳礦、銅礦、硅礦、花崗岩等，年產一百多萬至一、二千萬噸以上。

至於在這裏居住的人口，差不多有三十萬人，包括漢族、苗族、侗族、壯族、瑤族、水族等十九個民族。

在介紹過從江的基本情況之後，老師又說：

「同學們，今天是我們兩岸四地小學生神州遊學團行程的第一天，從現在起，我們每一天的旅遊活動都會和學習結合起來，沿途都是我們的課堂，主要是學習記敍文的寫作。大家可以把每一天的所見所聞，所感所思都逐一用自己的文字記述下來，成為遊記，以後還可以在電子平台上寫成美篇，讓大家互相交流學習。」

這真是太有意思，太有趣了！

好些同學忍不住拍起手來，大聲叫好，我也是其

中之一。

　　接着，老師又繼續講解了什麼是記敘文的問題。

　　老師講得頭頭是道，同學們都聽得津津有味。

　　哈！這樣的遊學方式，真是別開生面啊！既新奇、有趣，又能活學活用，這是我在學校的課堂上，從來也沒有見過的呢！

什麼是記敍文？

　　記敍文是把生活中發生的事情、人物，及其變化、發展記述下來的文章。其中有三方面是需要注意的：

1 記敍文的一種寫法是靜態式的，作者把所見所聞的事物、人物外貌及其狀態，或是自然界的現象、社會的狀況等等，用文字如實地記載下來，寫成文章。

例如：

我的小學畢業典禮 (節選)

　　這天早上八點鐘，我準時回到學校，參加小學畢業禮。

　　其他的同學也來了，一起整理桌椅，準備參加演出的節目。各人暗自按捺着內心的激動：無論如何，我們在這裏完成了六年的小學生涯。

　　這篇記敍文，清清楚楚地寫出事情的來龍去脈，以及處事者的狀況。

2 另外一種寫法是動態的記述，把人物的動作、語言和事物的變化以及發展有聲有色地寫出來，再從中盡情發揮。

例如：

警報 (節選)

　　這天早上，我們正在上算術課的時候，校園裏的警鐘忽然響了起來。

　　「同學們，有警報！警報！立刻到樓下操場集合！」

　　老師神色緊張地說。

　　我們馬上行動，走到樓梯口，人聲鼎沸，情況混亂，只覺得整座教學大樓都處於危機之中，人聲鼎沸。

　　就在這時候，我看到站在一旁的校長。她瞪大雙眼，緊緊地注視着我們，不斷地提醒：

　　「小心！小心！不要推撞！一個跟一個地走下去，不要慌……」

　　於是，大家依照指示，不擠不擁，有次序走下樓梯，到達操場。

　　直至所有師生都安全撤離教學大樓，校長走下來，到我們中間說：

　　「同學們，請大家安靜下來。剛才警鐘響起，是因為發生了地震，所幸的是全校師生都平安無事。根據新聞報道，震源中心並不是在這裏，而是在汶川……」

　　這一篇文章，就是如實地記述地震發生時校園內的情況，師生們以及校長的反應，加上有人物神情和語言的具體描寫，生動而寫實。

3　通常，我們述說一件事情，不會嚴格劃分「記」和「敍」，而是隨着事物的發展情形，一邊介紹「記」，一邊述說「敍」，把兩種寫作的方法合併而為記敍文。

 **佳作示例**

花潮 (節選)　李廣田

　　昆明有個圓通寺。寺後就是圓通山。從前是一座荒山，現在是一個公園，就叫圓通公園。

　　公園在山上。有亭，有台，有池，有榭，有花，有樹，有鳥，有獸。後山沿路，有一大片海棠，平時枯枝瘦葉，並不惹人注意，一到三四月間，真是花團錦簇，變成一個花世界。

　　這幾天天氣特別好，花開得也正好，看花的人也就最多。「紫陌紅塵拂面來，無人不道看花回。」辦公室裏，餐廳裏，晚會上，道路上，經常聽到有人問答：「你去看海棠沒有？」「我去看過了。」或者說：「我正想。」到了星期天，道路相逢，多爭說圓通山海棠消息。一時之間，幾乎變成一種空氣，甚至是一種壓力，一種誘惑，如果說沒有到圓通山看花，就好像是一大憾事，不得不擠點時間去湊個熱鬧。

　　星期天我們也去看花。不錯，一路同去看花的人可多着哩。進了公園門，步步登山，接踵摩肩，人就更多了。向高處看，隔着密密層層的綠蔭，只見一片紅雲，望不到邊際，真是「寺門尚遠花先來，漫天錦繡連雲開。」這時候，什麼蒼松啊，翠柏啊，碧梧啊，修竹啊，……都挽不住遊人。大家都一口氣地攀到最高峯，淹沒在海棠花的紅海裏。後山一條大路，兩旁四周，都是海棠。人們坐在花下，走在路上，既望不見花外的青天，也看不見花外還有別的世界。花開得正盛，來早了，還未開好，來晚了已經開敗，「千朵

右側註解：
- 層層遞進，引入主題。
- 記述賞花的原因。
- 從不同角度描寫海棠花的盛放。

萬朵壓枝低」，每棵樹都炫耀自己的鼎盛時代，每一朵花都在微風中枝頭上顫抖着說出自己的喜悅。「噴雲吹霧花無數，一條錦繡遊人路」，是的，是一條花巷，一條花街，上天下地都是花，可謂花天花地。可是這些說法都不行，都不足以說出花的動態，「四山花影怒於潮」，「四山花影下如潮」，還是「花潮」好。

　　文章從靜態、動態、視覺、聽覺等多方面、多角度來記述花潮和賞花的人潮，文中還運用大量的詩句，既烘托出繁花盛開的美景，又令文章顯得更為靈動，妙趣橫生。

  ## 好詞佳句摘錄

好 詞

- **心曠神怡**：心情舒暢，精神愉悅。
- **地大物博**：形容土地廣大，物產豐富。
- **枯枝瘦葉**：樹枝乾枯，葉子小。
- **花團錦簇**：形容五彩繽紛、十分華麗的形象。
- **接踵摩肩**：腳碰腳，肩碰肩。形容人多，很擁擠。

佳句

- 紫陌紅塵拂面來，無人不道看花回。

- 寺門尚遠花先來，漫天錦繡連雲開。

- 花開得正盛，來早了，還未開好，來晚了已經開敗，「千朵萬朵壓枝低」，每棵樹都炫耀自己的鼎盛時代，每一朵花都在微風中枝頭上顫抖着說出自己的喜悅。

- 噴雲吹霧花無數，一條錦繡遊人路。

- 是一條花巷，一條花街，上天下地都是花，可謂花天花地。可是這些說法都不行，都不足以說出花的動態，「四山花影怒於潮」，「四山花影下如潮」，還是「花潮」好。

3 聞名世界的侗族之鄉

　　第二天早上，我們再次乘上旅遊汽車，向着此行的第一個目的地——肇興侗寨進發。

　　我們乘坐的旅遊汽車，一直在綠色的原野中行駛，不久之後，在一個青山環抱、江流逶迤的村落停了下來。

　　老師宣布：肇興侗寨到了。

　　我們依次下了車，深深地呼吸一下，只覺得這裏的空氣特別新鮮，令人精神為之一振，竟然連旅途上的疲累都一掃而空了。一位穿着侗族服裝的女青年拿着一枝小紅旗，笑咪咪地走來迎接我們，原來她是當地的導遊。於是，她一邊引領我們向村寨中走，一邊熱情地向我們介紹這裏的有關情況。

　　導遊姐姐告訴我們，這個侗族人居住的村寨，大約有居民一千餘戶，六千多人，是全國最大的侗族村

寨，享有「侗鄉第一寨」的美譽。

放眼所見，這裏的自然環境十分優美，一條小河在一幢幢木造的吊腳樓旁邊平靜地流過，倒映着藍天白雲，青山碧水。

我們一路走着，只見這裏的街道寬敞，地面乾淨，雖然商舖多，遊人也多，但卻不會熱鬧嘈吵，本地的居民，有的打開門戶，悠閒地坐在凳子上乘涼；也有的大嬸、阿婆，或帶着孩子，或低着頭繡花、縫衣服，看到遊客走過，都報以友善的微笑。這地方給人的感覺，相當舒服和舒適。

「同學們，請過來這裏看一看！」

導遊姐姐走到街旁的一個院子門口，向大家招着手。

我們都按照她的指引，走了進去。

入了門，只覺眼前一片藍——

這一個大大的院子裏，晾着、掛着一幅又一幅扎染藍花布，圖案式樣，千變萬化，美不勝收，蔚為奇觀。

導遊姐姐對我們說，本地的侗族居民，有高超的

扎染手藝，一來可以美化生活，二來可以提高經濟收入，一舉兩得。

「我媽媽最喜歡用藍花布做衣服了，我要多拍幾張照片給她看看！」

陳海珊高高興興地舉起相機拍照。

「你站到那些藍花花布當中，我來幫你拍。」

何芳芳說。

「來，我們幾個女生不如站在一起，請張志明同學幫我們拍吧。」

陳海珊把相機遞給張志明，一手拉着何芳芳，一手拉了我過去。

「咔！」

張志明用手指一按相機，我們都在藍花花布叢中笑了。

參觀過美妙的扎染布作坊，導遊姐姐立即把我們帶到村寨中心，去看這裏最有名的鼓樓羣。

「同學們，你們知道嗎？肇興侗寨這裏的鼓樓，在全國的鼓樓之中是絕無僅有的，還被列入健力士世界紀錄，可以說是舉世知名了。因此，這裏也被譽為

鼓樓文化藝術之鄉。」

　　導遊姐姐提高聲音說。

　　「好厲害啊！」

　　大家一齊鼓起掌來，同時圍繞着鼓樓羣觀看。

　　「導遊姐姐，村民為什麼要在這裏建鼓樓呢？」

　　陳海珊問。

　　「侗寨的鼓樓由全寨的人集資興建，象徵着吉祥
和興旺。鼓樓的作用很多，包括作為侗族族姓的標
誌、村民休閒的場所、年青人社交的場合、接待客人
的地方、集會議事的場所，還會用作傳遞信息或報警
的工具，以及祭祀的地方。事實上侗寨鼓樓是侗族
地區特有的一種公共建築物，在侗族人民居住的地
區，幾乎村村寨寨都有鼓樓，成為侗寨風光的一大特
色。」

　　導遊姐姐解釋說。

　　「這鼓樓真是很重要的建築啊。」

　　何芳芳有感而發。

　　導遊姐姐繼續引領我們參觀和講解。

　　這個侗族村寨，一共建有五座鼓樓，造型美觀、

獨特。從外面看過去，就像一座寶塔，飛閣重簷，氣勢不凡，其中有的呈正方形，有的是六邊形。整座鼓樓都是木材構造的建築，根據傳統的造法，中央懸空的一條木柱叫做雷公柱，其他四條是主承柱。圍繞四周的還有十二條簷柱，象徵一年、四季、十二個月，有「天長地久」的寓意。鼓樓最高的有十七層，頂層閣樓安放牛皮大鼓，頂端裝置着葫蘆形塔剎。底部當中置有火塘，燃燒塘火，長年不斷。

看到眼前的鼓樓，張志明興致勃勃，向着導遊姐姐說：

「好厲害呀，這鼓樓建築的歷史有多久了？」

導遊姐姐答道：

「由於歷史悠久，這個問題，已經很難考證了，不過，民間中至今還流傳着不少傳說故事，也相當有趣的。」

陳海珊在旁一聽，興趣大增，說：

「民間傳說故事？很好啊！我們都想聽聽！」

導遊姐姐笑了笑，就講開了：

「有說是三國時期，諸葛亮南征，曾經在侗鄉紮

營。他們在營寨中修築高亭，內裏裝了營鼓，以鼓聲來傳達命令。這樣流傳下來，高亭逐漸演變成為鼓樓。」

張志明聽了，說：

「嘿嘿，沒想到這鼓樓的起源會和《三國演義》有關的哩。」

何芳芳又問：

「關於鼓樓，還有什麼其他有趣的故事呢？」

導遊姐姐故作神秘地眨眨眼睛，笑着說：

「有是有的，但相當神奇，信不信由你。有說是遠古的時候，外星人來過侗鄉，曾經修建火箭和飛碟發射架。現在的鼓樓就是他們留在地球上的遺跡。時至今日，人人都會看到，鼓樓的外形就和發射火箭的支架十分相似，而頂層的閣樓有有點像飛碟的樣子，傳說就是侗族的先人按照外星人的建築模式造的。」

何芳芳瞪大眼睛說：

「什麼？這鼓樓還和外星人扯上關係？未免太誇張了吧？」

陳海珊卻放聲大笑說：

「哈哈哈！這想像力太豐富了，竟然還有科幻的元素，我喜歡這樣的傳說故事！」

大家正説着，笑着，一陣喜慶悦耳的音樂和歌聲傳了過來。在場的人們同時循聲望過去，只見一隊穿戴得繽紛美麗的侗族男女，載歌載舞地前來。

導遊姐姐告訴大家，侗族歌舞表演馬上就要開始了！

肇興不只是著名的鼓樓之鄉，還是精彩的歌舞之鄉。

村寨上有侗歌隊，還有侗戲班。他們會表演聞名遐邇的侗族大歌、蟬歌、踩堂歌、攔路歌、琵琶歌、牛腿琴歌、酒歌、情歌、山歌、河歌、敍事歌……等等，歌聲婉轉，旋律優美，而且能反映他們的生活情趣，動人心弦。導遊姐姐還介紹説，每逢節假日，賓客和村民都會歡聚在鼓樓前面，舉行歌舞表演比賽。特別是在中秋節，更有別開生面的蘆笙會，笙歌響徹，熱鬧非凡。

這個地方真是太好、太有趣了！我忽然有一種不想離開的感覺。

難忘的一夜

　　從肇興侗寨出來，夜幕已經漸漸降臨。

　　我們乘上旅遊汽車，很快到了住宿的旅館。

　　帶隊老師安排我們把行李拿到各自入住的房間，梳洗後，便集合出發，前往附近的民族餐廳吃晚飯。

　　「嘩！好長好長的餐桌啊！」

　　一個來自澳門的男同學，首先驚喜地叫出聲來。

　　大家立刻把目光聚焦在餐廳中那張唯一的、果真是「好長好長的」桌子上。那桌子是用特大的木頭製造的，擺放着一份份餐具，很有氣派。

　　「好傢伙！這麼長的餐桌，我自出生以來，還是第一次看到呢！」

　　陳海珊伸伸舌頭說。

　　「同學們，大家一起就坐吧，今晚請嘗試一下本地最有特色的少數民族『長桌宴』。」

帶隊的王老師高聲宣布，所有同學即刻高高興興地圍桌入座。

這樣的晚餐「排場」，誰都會覺得新鮮、好玩的吧！最大的好處，就是進餐的人與人之間，完全沒有隔閡，顯得平等和親密。

就在所有的人圍桌安坐之後，服務員把大盆大碟的菜餚食物送到桌上來，色香味全，引人垂涎。分別有燒香豬、烤河魚、白切雞、醃肉，又配以蕨菜、南瓜、茄子、瓜苗等各式各樣翠綠新鮮的蔬菜……真是難以想像的豐富。

美食的魅力沒法擋。我們正要開始動筷的時候，陳海珊指着一碟剛剛上桌的食物叫了起來：

「哇噻！這、這是什麼東西呀？」

坐在她對面的張志明向那個碟子掃視了一下，說：

「這還看不出來嗎？是油炸蚱蜢嘛！」

陳海珊的嘴巴即刻張大，呈O形狀，說不出一個字，就像是卡了殼那麼樣。

我的心裏也格登了一下：油炸蚱蜢？真是聞所未

聞，見所未見，好奇怪的一道菜式！

張志明笑着問：

「怎麼啦？不敢吃嗎？」

坐在他旁邊的何芳芳舉起筷子說：

「看起來很新鮮美味呢！為什麼不敢吃？我不客氣了。」

說完之後，她就用筷子夾起一隻油炸蚱蜢，放入嘴巴裏吃。「嗯，好吃，好吃。」

張志明也夾了幾隻油炸蚱蜢到自己的碗中，並且對陳海珊說：

「能夠端上這餐桌的，肯定都是美食，根本不需要怕。這些蚱蜢專吃禾稻，就是該被油炸！牠吃掉我們的食物，我們就把牠當作食物，這也很公平合理嘛。」

聽到這樣幽默風趣的言談，周圍的人都笑了。

陳海珊解除了恐懼，終於也向那碟油炸蚱蜢下了筷。

差不多是在同一時間，我也吃了生平第一次見到的油炸蚱蜢，原來它的味道就和油炸蝦相似，確實是

不錯的。

吃過飯菜以後，服務員又給我們送來各種各樣的水果、什麼黃桃子啦、紅李子啦、火龍果啦⋯⋯全是本地出產的有機果品，新鮮得很，大家都吃得開懷暢快，非常滿意。

吃過晚飯，帶隊的老師把我們領到附近的一個大曬坪上。一羣本地的小學師生早已經集合在這裏，要和我們開一個聯歡晚會。

在柔和的月色和燈光映照之下，可見曬坪中心放着巨大的木柴堆。我們到指定的位置席地而坐，人人都把期待的目光，投放在那一大堆木柴上面。

不一會兒，工作人員走近大木柴堆，在眾目睽睽之下，燃點起熊熊的篝火，兩位本地男女小學生司儀宣布：兩岸四地和侗族小學生聯歡晚會正式開始！

熱烈的鼓掌聲和歡呼聲響起，向着夜空高高地飛升！

　　一隊穿着侗族服裝的本地小學生出場了，他們身上佩戴的銀飾，閃閃發亮，勝過星光。只見他們一齊張口，連續演唱了幾首無伴奏、多聲部的侗族大歌，悅耳動聽，美妙絕倫！大家聽了還想聽，用力地拍手叫「安歌」。

　　接着，是何芳芳和其他來自深圳的小學生表演名為《娃哈哈》的兒童歌舞，節奏輕盈、歡快活潑，也贏得了熱烈的鼓掌聲。

　　來自台灣的同學們，自然也有陳海珊在內，出場朗誦著名詩人余光中先生的作品《紗帳》：

　　　　小時候的仲夏夜啊

　　　　稚氣的夢全用白紗來裁縫

　　　　圓頂的羅帳輕輕地斜下來

　　　　星雲靉靆的纖洞細孔

　　　　仰望着已經有點催眠

　　　　而捕夢之網總是密得

　　　　飛不進一隻嗜血的刺客

——黑衫短劍的夜行者

只好在外面嚶嚶地怨吟

卻竦得放進月光和樹影

幾聲怯怯的蟲鳴裏

一縷禪味的蚊香

招人入夢，向幻境蜿蜒——

一睜眼

赤紅的火霞已半牀

　　台灣同學的朗誦表演，實在是令人感動不已，曬
坪上的掌聲，久久也不能平息。

　　後來，我和張志明等來自香港、澳門的同學，也
一起上場演唱《東方之珠》這首歌：

小河彎彎向南流

流到香江去看一看

東方之珠我的愛人

你的風采是否浪漫依然

月兒彎彎的海港

夜色深深　燈火閃亮

東方之珠　整夜未眠

守着滄海桑田變幻的諾言

讓海風吹拂了五千年

每一滴淚珠彷彿都說出你的尊嚴

讓海潮伴我來保佑你

請別忘記我永遠不變黃色的臉

……

　　唱到最後的一段，在場的許多同學和老師，都一起合着拍子齊唱起來。我只覺得兩隻眼睛一陣發熱，溢出了清涼的淚水。

篝火晚會的高潮，是在司儀宣布大家齊齊歡跳集體舞的時候。全場的所有人站起來了，手拉着手，圍繞着燒得很旺很旺的篝火，盡情歡跳！真是好開心啊！我們跳着、唱着，不分彼此，快樂無比，度過了難忘的一夜。

錦繡梯田

經過一夜的睡眠休息，大清早起來，遊學團的同學們一個個都精神抖擻。

按照預定的行程安排，吃過早餐之後，大家帶上行李，乘車到下一個目的地——加榜梯田。

在旅遊汽車行進期間，遊學團的講座又開始了。

王老師說：

「有不少同學問我，記敘文的開頭應該怎樣寫，我們現在就來探討一下吧。記敘文開頭的寫法有很多，最常見的，就是『開門見山』。」

王老師講的很及時，也很實用，因為我正要開始寫遊記哩！以下，就是老師所講的主要內容——

記敍文開頭的寫作方法

記敍文主要是記述生活中具有意義的事情，開頭十分重要，可以為文章造氣氛，定調子，給讀者留下第一印象，並且能令他們有興趣閱讀下去，還能增加文章的亮點。

記敍文的開頭有多種寫法，有的開首即明言主題，有的以描寫帶起，有的以問題開頭，吸引讀者追看等等。

1. 開門見山

最常見的是開門見山的寫法，直接入題，一開始就點明事情發生的時間、地點、有關的背景以及起因。例如：

歡樂的露營活動

不知不覺來到晚上，大家圍着熊熊燃燒的營火，坐在草坪上，唱唱歌，跳跳舞，說說笑，開心極了。

雖然我已是小學六年級的學生，但這是我第一次參加童軍的露營活動呢！

當我知道要離開家裏，到郊外參加露營活動的時候，心情興奮極了，無論是上課或者下課，老是惦記着露營的事情，好不容易等到了入營的這一天！

此刻，我坐在營友們中間，心情激動得像眼前的火光，不斷地升溫、加熱。

上面的例子簡潔明瞭地直接進入文題，乾脆利落地交代出文章要寫什麼人、什麼景物和什麼事情等，也連帶寫出了人物的情緒和感覺。

佳作示例 1

學校水運會的一幕

學校舉行水運會，50米蛙泳比賽開始了！

哨子一響，我們班的參賽同學「大耳星」領先了！

我們在觀眾席大聲喊叫，啦啦隊不停地助威：

「大耳星加油！大耳星加油！」

轉眼之間，只見B班的「黑仔」在「大耳星」旁邊不斷地發力，就快超前了，大家吶喊的聲音更加響亮。

當「大耳星」的手指尖碰到了泳池邊的時候，「黑仔」才游過來，我們的「大耳星」同學終於險勝了！大家一齊鼓掌、歡呼起來。

> 開首點出主題。

> 通過不同的聲音，帶出現場的緊張氣氛。

寫作小貼士

開首「開門見山」地指出要記述的事情是「水運會」。記述的事件生動、有趣，使文章調子顯得活潑，充滿生活氣息，令人讀來有身歷其境之感。

2. 以環境描寫作為開頭

記敘文也可以環境描寫作為開頭，即開篇就描寫與文章內容密切相關的場面背景，達到烘托人物心情，或表現人物形象，或突出主題思想的藝術效果。

 **佳作示例 2**

荷塘月色 (節選)　朱自清

我這幾天心裏頗不寧靜。今晚在院子裏坐着乘涼，忽然想起日日走過的荷塘，在這滿月的光裏，總該另有一番樣子吧。月亮漸漸地升高了，牆外馬路上孩子們的歡笑，已經聽不見了，妻在屋裏拍着閏兒，迷迷糊糊地哼着眠歌。我悄悄地披了大衫，帶上門出去。

> 以環境描寫開首。

沿着荷塘，是一條曲折的小煤屑路。這是一條幽僻的路；白天也少人走，夜晚更加寂寞。荷塘四面，長着許多樹，蓊蓊鬱鬱的。路的一旁，是些楊柳，和一些不知道名字的樹。沒有月光的晚上，這路上陰森森的，有些怕人。今晚卻很好，雖然月光還是淡淡的。

> 融合記事、寫景、抒情幾種手法。

路上只我一個人，背着手踱着。這一片天地好像是我的，我也像超出了平常的自己，到了另一世界裏。我愛熱鬧，也愛冷靜，愛羣居，也愛獨處。像今晚上，一個人在這蒼茫的月下，什麼都可以想，什麼都可以不想，便覺是個自由的人。白天內一定要做的事，一定要說的話，現在都可不理。這是獨處的妙處，我且受用這無邊的荷香月色好了。

53

作者一開始就描寫在院子乘涼看見的月光，繼而走向種有荷花的池塘，就像繪畫一樣，豐富多彩地展現出月下的荷塘美景，引人入勝。

好詞佳句摘錄

 好詞

- **美不勝收**：美好的東西太多，一時間接受不完或看不過來。
- **蔚為奇觀**：匯聚成奇特的景觀。
- **舉世知名**：形容名聲極大，全世界都知道。
- **有感而發**：有所感觸而表示出來。
- **轉眼之間**：形容很短的時間。

- 一條小河在一幢幢木造的吊腳樓旁邊平靜地流過，倒映着藍天白雲，青山碧水。

- 大家圍着熊熊燃燒的營火，坐在草坪上，唱唱歌，跳跳舞，說說笑，開心極了。

- 此刻，我坐在營友們中間，心情激動得像眼前的火光，不斷地升溫、加熱。

- 這是一條幽僻的路；白天也少人走，夜晚更加寂寞。

- 荷塘四面，長着許多樹，蓊蓊鬱鬱的。

- 這一片天地好像是我的，我也像超出了平常的自己，到了另一世界裏。

- 一個人在這蒼茫的月下，什麼都可以想，什麼都可以不想，便覺是個自由的人。

關於記敘文開始的寫作方式，王老師講解得很詳盡，我們都覺得受益匪淺。

「咦，我們的汽車正在爬山呢！」

不知道是哪一位同學叫了起來。

我們齊向車窗外望去，這才發現汽車已經離開了平坦的高速公路，轉而開進多彎又陡斜的上山道路。而道路的旁邊，是綠色的稻田，隨着山勢的高低，有大有小，一塊又一塊，就像一片片翡翠寶玉，巧妙地

堆砌起來，精美如畫，賞心悅目。

　　就這樣，汽車在迴環山路行駛了一段時間，只覺視野漸漸變得開朗起來。

　　未幾，汽車停止行進，老師讓我們下車。

　　啊！真不得了！連綿不絕的山坡，精緻無比的梯田，就像是魔幻世界的景色，一望無際地出現在我們的眼前，簡直是不可思議！許多同學發出驚喜的叫聲，此起彼伏。

　　陳海珊更是激動難抑，竟然放聲高唱起張惠妹的首本名曲《站在高崗上》：

> 連綿的青山百里長呀
> 巍巍聳起像屏障呀喂
> 青青的山嶺穿雲霄呀
> 白雲片片天蒼蒼呀喂
>
> 我站在高崗上向遠處望
> 那一片綠波海茫茫
> ……

大家都笑了起來，也情緒高漲，不少女生還解下脖子上的彩色圍巾，向山那邊揮舞着，男生們也不停地歡呼雀躍。

　　「同學們，請大家安靜一下，現在由當地的導遊哥哥來介紹一下這裏的環境和各方面的情況。」

　　老師揮手對大家說。

一位滿面紅光、神采飛揚的年輕人來到我們面前，他就是當地的導遊哥哥了，只聽他用宏亮的聲音說：

　　「同學們好！老師好！歡迎你們來到咱們貴州黔東南苗族侗族自治州美麗的加榜梯田來觀光。我們現在身處的位置，是從江縣西部的月亮山腹地，大家看

到的高山梯田，總共有一萬多畝，是苗族和侗族人民世世代代留下來的傑作。從古到今，他們都用心耕作這裏的每一寸土地，除了用來耕種禾稻糧食，還同時在這些梯田中養鯉魚和鴨子。本地人有句話，說是『青蛙一跳三塊田』，可想而知這些梯田精細到了什麼程度！」

哇！「青蛙一跳三塊田」，真是太厲害了！

同學們紛紛發出讚歎的聲音。

站在我身邊的何芳芳說：

「是呀，我看到一部長紀錄片，叫做《舌尖上的中國》，也有專門介紹這加榜梯田。無論春夏秋冬，這裏都是景色如畫，融合了人與大自然的和諧之美，我是一直都希望來實地看看，現在真感恩能如願以償了！」

我點點頭，心中充滿了喜悅和感動，看着眼前的萬畝梯田，集中體現出人類高超的智慧和創意，簡直就是千古奇跡！

站在這裏，面對着巧奪天工的梯田美景，大家怎麼看也覺得看不夠，拍照的手機、平板電腦，也閃個

不停。直到傍晚時分，老師一直催促，我們才戀戀不捨地排隊入住建於公路旁的一間小旅館。

然而，最值得高興的是，我們住宿的房間，正對着高山梯田的無限美景。

陳海珊推窗一望，靈機一動，說：

「開門見山，我現在能完全領悟到這種感覺啦，我的遊學記開頭，就是應該這樣寫的。」

何芳芳卻對着窗外的景色，凝神慨歎：

「啊呀，這真是太美了，世外桃園，人間仙境，大概就是這樣的吧！我一定要先把這醉人的美景先記下來……」

我沒有作聲，實在是不知道該說什麼才好。只是拿出平板電腦，開始在新的文檔上輸入新的文字。

繡房學藝

　　這個夜晚，下了大雨，滴滴答答的雨點敲打着窗戶、屋頂，帶來涼涼的空氣，令我覺得很舒適，很快就進入夢鄉。

　　翌日早上起來，雨還淅淅瀝瀝的下個不停，外面的梯田，就像被水清洗乾淨，益發顯得新綠碧翠，美如畫圖。

　　用過早餐以後，老師和導遊哥哥帶我們到侗族的刺繡作坊參觀。

　　這是一個不大不小的房間，周圍的環境整潔而寧靜。導遊哥哥告訴我們，這完全是仿照侗族姑娘的繡房來布置的。根據當地的風俗，一個侗族女子出嫁，對方通常都不會問她家的嫁妝有多少，而是看刺繡的繡件有幾多，手藝好不好。如果一個侗族女子陪嫁的繡花鞋少於一百八十雙，就會被人看不起。

這個繡房展示出來的刺繡品五花八門，應有盡有：頭巾、嬰兒背帶、婦女圍裙、胸兜、鞋面、鞋墊、煙袋、挎包……繡着顏色鮮艷、栩栩如生的各種動物花卉圖案，有的是雙龍飛騰；有的是孔雀開屏；有的是金錢葫蘆；有的是富貴牡丹，全都是美麗生動的，看得人眼花繚亂。

導遊哥哥說：

「侗族的刺繡藝術非常有名，這些全部用人手刺繡的繡品，不僅圖案精美，具有很高的裝飾價值，而且，不可不知的是，這種經過反覆繡綴的工藝，還能增加衣物的耐用度。2011 年 5 月 23 日，經國務院批准，侗族刺繡傳統藝術列入第三批國家級非物質文化遺產名錄。」

導遊哥哥說完後，一位侗族大媽走過來，拿出針線和小布片，派發給在場的每一位同學，讓大家一起動手，即場學習侗族的刺繡工藝。

我們首先要學習的是刺繡的程序。原來，一件侗族刺繡作品的完成，要先用紙剪出各種圖案，然後，再按照圖案進行刺繡。現在我們取得的小布片上都有

一朵花或者一隻蝴蝶的圖案，我們要左手固定布片，右手自如地用引針穿刺，將各種彩色絲線繡上布片。每次操作動作還必須保持線的距離相等，拉力均勻，才能使得刺繡的表面光滑、勻稱而細密。

說的容易，做起來卻很難。刺繡，這對於我們從來不會或者很少拿針線的城市小學生來說，真是一件很不簡單的大難事哩！

　　我看到大家都全神貫注地一針一線地刺繡着，心中忽然感到有所觸動：做任何事情，都應該以認真的態度對待，才能得到成功。學習侗族的刺繡是這樣，學習記敍文的寫作也是這樣的吧。

　　大約繡了一堂課的時間，同學們先後完成了手中的「作業」：有的在布片上繡出了紅彤彤的鮮花，有的繡成了一隻翩翩飛舞的蝴蝶。大家都喜氣洋洋，爭着把自己的繡品交給刺繡導師——侗族大媽檢查。

　　「好，好，你們這些遠道來的孩子，都繡得好，就把這些都帶回去，做個留念吧。」

　　侗族大媽慈祥地笑着說。

　　結果，每個同學都拿着自己的繡品，滿心歡喜地走出了侗族的繡房。我發現像張志明那樣的男生，笑容特別燦爛。這時候，外面的雨已經停了，王老師宣布，午後我們出發前往新的目的地——岜沙苗寨。

　　由於有一段車程，王老師在車上繼續進行記敍文寫作講座教學，這次講的是記敍文寫作的六大要素。

記敍六要素

　　記敍文主要是記述我們經歷過的生活中的事情，通過文字寫作，我們可以把當時、當地的情景以及有關的人物情狀和事物形態再次展現出來。

　　一篇記敍文的內容，基本上都要包含六個方面的內容，才能讓讀者對所寫的事物留下清晰完整的印象，統稱為六大要素：

第一要素——時

　　即是必須說明事件發生的時間；

第二要素——地

　　即是必須說明事件發生的地點；

第三要素——人

　　即是必須交代文章所要描述的主要人物或有關人物；

第四要素——起因

　　就是要寫出事情引發的原由、起因；

第五要素——經過

　　就是記述事情的發展以及變化，有層次、有條理地寫出事情的經過；

第六要素——結果

　　寫出事情最後的結果，為文章作結，從而清晰明確地顯示事件的結果及其意義。

落花生　許地山

　　我們家的後園有半畝空地。母親説：「讓它荒着怪可惜，你們那麼愛吃花生，就開闢出來種花生吧。」我們姊弟幾個都很高興，買種，翻地，播種，澆水，沒過幾個月，居然收穫了。

開首交代事情的起因。

　　媽媽説：「今晚我們過一個收穫節，請你們父親也來嘗嘗我們的新花生，好不好？」我們都説好。母親把花生做成了好幾樣食品，還吩咐就在後園的茅亭裏過這個節。

交代事件發生的時間、地點，以及人物。

　　晚上天色不太好，可是父親也來了，實在很難得。

　　父親説：「你們愛吃花生麼？」

　　我們都爭着答應：「愛！」

　　「誰能把花生的好處説出來？」

　　姊姊説：「花生的味美。」

　　哥哥説：「花生可以榨油。」

　　我説：「花生的價錢便宜，誰都可以買來吃，都喜歡吃。這就是它的好處。」

　　父親説：「花生的好處很多，有一樣很可貴。它的果實埋在地裏，不像桃子、石榴、蘋果那樣，把鮮

紅嫩綠的果實高高地掛在枝頭上，使人一見就生愛慕之心。你們看它矮矮地長在地上，等到成熟了，也不能立刻辨出來它有沒有果實，必須挖出來才知道。」

我們都說是，母親也點點頭。

父親接下去說：「所以你們要像花生，它雖然不好看，可是很有用，不是外表好看而沒有實用的東西。」

我說：「那麼，人要做有用的人，不要做只講體面，而對別人沒有好處的人了。」

點出文章的主旨。

父親說：「對。這是我對於你們的希望。」

我們談到夜深才散。花生做的食品都吃完了，父親的話卻深深地印在我的心上。

寫作小貼士

在文章開首寫出事件發生的時、地、人，以及起因。

繼而層次分明、有條有理地在文章中寫出當事人的言語、對話，既是客觀地敍述事實，又映襯出人物的性格，寫成有視覺、聽覺、觸覺、嗅覺和思覺的文字。

文章最後寫出事情的結局和影響，耐人尋味。

好詞佳句摘錄

- **如願以償**：比喻心願、志願得以實現。
- **五花八門**：比喻花樣繁多或變化多端。
- **栩栩如生**：形容生動活潑的樣子。
- **眼花繚亂**：眼睛看見複雜紛繁的東西而感到迷亂。
- **鮮紅嫩綠**：形容顏色鮮豔。

- 雨還淅淅瀝瀝的下個不停，外面的梯田，就像被水清洗乾淨，益發顯得新綠碧翠，美如畫圖。

- 花生的好處很多，有一樣很可貴。它的果實埋在地裏，不像桃子、石榴、蘋果那樣，把鮮紅嫩綠的果實高高地掛在枝頭上，使人一見就生愛慕之心。你們看它矮矮地長在地上，等到成熟了，也不能立刻辨出來它有沒有果實，必須挖出來才知道。

- 所以你們要像花生，它雖然不好看，可是很有用，不是外表好看而沒有實用的東西。

- 那麼，人要做有用的人，不要做只講體面，而對別人沒有好處的人了。

- 我們談到夜深才散。花生做的食品都吃完了，父親的話卻深深地印在我的心上。

寫作小練習

　　試寫生活中一件令你難忘的事情，首先寫出你為什麼會覺得難忘，又是什麼原因讓你覺得這是一件難忘的事情。內容必須包括記敍六要素。

時間：＿＿＿＿＿＿＿＿＿＿＿＿＿＿＿＿＿＿＿

地點：＿＿＿＿＿＿＿＿＿＿＿＿＿＿＿＿＿＿＿

人物：＿＿＿＿＿＿＿＿＿＿＿＿＿＿＿＿＿＿＿

起因：＿＿＿＿＿＿＿＿＿＿＿＿＿＿＿＿＿＿＿

　　　　＿＿＿＿＿＿＿＿＿＿＿＿＿＿＿＿＿＿＿

經過：＿＿＿＿＿＿＿＿＿＿＿＿＿＿＿＿＿＿＿

　　　　＿＿＿＿＿＿＿＿＿＿＿＿＿＿＿＿＿＿＿

結果：＿＿＿＿＿＿＿＿＿＿＿＿＿＿＿＿＿＿＿

苗家漢子的
刀和槍

「腰間掛鐮刀，肩上扛火槍，頭上頂『戶棍』，這就是岜沙苗族青年的形象。」

導遊哥哥對着剛剛踏入岜沙苗寨的我們説。

他領着我們沿着石路，拾級而上，走向岜沙苗族人民聚集的蘆笙場，一邊向我們介紹着。

原來，這一個有五百多戶、二千多名苗族人居住的寨子，被譽為「陽光下最後一個槍手部落」。他們至今仍然保留着佩帶火槍、用鐮刀剃頭髮、拜祭古樹等古老的傳統習俗和生活方式。

陳海珊問：

「他們的祖先有什麼流傳下來的故事傳説呢？」

導遊哥哥説：

「這位同學問得好，有很多啊！最主要的，是傳説苗族祖先蚩尤有三個兒子，岜沙人就是第三個兒子

的後裔。他們都是勇猛之士，長年身挎腰刀，肩扛火槍，上山能打獵，下河會捉魚，還特別重視自己的裝束和髮髻。在苗語中男人的髮髻叫做『户棍』，是男性裝束中最重要的性別標誌，就是剃去頭部四圍大部分的頭髮，只留下中間的頭髮，盤成一個髮髻，並終生保留這種髮型。他們認為這是象徵着生長在山上的樹木，而身上穿的青布衣服，有如美麗的樹皮。因為在山上有森林的蔭庇，他們才能安然自在地生活。所以，岜沙人特別崇拜樹木，每年都會把樹木當作神來拜祭。用他們的話來説，人來於自然，也歸於自然，生不帶來一根絲，死不帶走一寸木，自古以來，他們都不濫伐樹木。」

「岜沙的男子是真的漢子，從祖上開始就已經是環保先鋒了！」

張志明由衷地説。

大家走着，説着，轉眼就到達半山上的一個平坦小廣場，約莫有半個籃球場那麼大，四周綠樹環抱，送來清風徐徐。導遊哥哥告訴大家，這就是蘆笙場了。這裏是岜沙的神聖之地，當地人拜祭太陽神，定

期來這裏舉行祭祀活動踩蘆笙，男男女女列隊面向太陽升起的地方，後退七步吹響蘆笙起舞。另外，寨子中的一些重要集會，也會在這裏召開。

現在，這裏聚集了不少遊客，還有盛裝打扮的本地青年人。男的頭上頂着「戶棍」，手中持着火槍，排好隊形，向天鳴槍，用特殊的形式表達對遠方來客的歡迎。

隨即，鏗鏘有力的蘆笙古樂吹響起來，佩戴着全

身銀飾、閃閃發亮的苗族女子揮動手帕，合着節奏，騰躍起舞，精彩極了！全場觀眾即時報以熱烈掌聲。

當蘆笙歌舞表演告一段落，主持人從觀眾中請出一位男士，然後讓一位頭頂「戶棍」，手握鐮刀的苗族男人出場。天啊！他們要當眾表演鐮刀剃頭功！

我覺得全身一冷，背脊有些涼浸浸的感覺：在我們生活的地方，老人家有一句老話，說是「險過剃頭」，而眼前的男子，不僅僅是剃頭，而且是用巨大的鐮刀來剃頭髮，那真是險上加險，好不嚇人！

但是，只見手持鐮刀的表演者信心十足，在遊客的頭上舉起鐮刀，輕輕揮了幾下，一撮撮碎頭髮紛紛落下。不出幾分鐘，就完成了整個剃頭的過程，鐮刀下的遊客頭上即時露出了「曙光」——變成毫髮不留的光頭造型，令全場嘩然！這也是應了一句「老話」，說是「藝高人膽大」，觀眾包括了我們遊學團所有成員發出的歡呼尖叫聲，把四周圍樹上的雀鳥，也驚嚇得一飛衝天。

一會兒，幾位美麗如花的苗族少女走了過來，笑嘻嘻地向張志明等幾個男生作出熱情邀請的手勢。

「她們要做什麼？會不會把那些男生拉出去剃光頭？」

陳海珊跳起來，十分緊張地問。

導遊哥哥卻微笑着打眼色，讓她放心「交人」。

說時遲，那時快，幾個苗族少女迅速地拉走了張

志明等幾個男生。不過，只是一息間，他們就出現在蘆笙場中央，但已經完全變了裝：身佩鐮刀，哈哈！換上本地的苗族服裝啦！

「哎呀呀，怎麼搞的，全都變身了，變成苗家小帥鍋（哥）了。瞧他們穿的那一身服裝，喲！笑死我啦……」

陳海珊按着肚子，高聲地笑起來，她本人的樣子也十分搞笑。

「哈哈哈哈！」

何芳芳和我也忍不住了，一齊放聲大笑起來。

這時，蘆笙古樂再次吹響，我們很快就被捲進了廣場集體舞的旋風中去。

跳呀！唱呀！在場的所有人手挽手，肩並肩，盡情地舞動身體，個個不亦樂乎！

這幾天我在遊學團的所見所聞，所參加的活動，所學習的知識，真是太多、太豐富了，怎樣才能記述得更加清晰清楚呢？

我開始在心內考慮這個問題，希望在行程結束的時候，能找到好的方法。

記敍文寫作的順序

一般來說，記敍文的寫作順序，可以因應事件的發展，用不同的次序來敍述，以達到更為清楚清晰、合乎情理的效果。

1. 順敍

順敍就是按照事情的發生經過，循序漸進地寫出來。例如：

我們的大件事 (節選)

今天是我們參加香港書展的日子，是這個暑假中最重要的「大件事」。我一早就起來了，吃過早餐，立刻乘地鐵過海，到灣仔的會議展覽中心去，那裏是舉辦書展的大場地，呀，不得了！原來一早已經有長長的人龍排在入口處了……

以上的例子，就是用順序的寫法，把前往香港書展的先後過程，順序地一一記敍下來。

2. 倒敍

倒敍即是先寫事情的結局，或者某一個回憶的事件，然後從頭寫起。例如：

我的暑假生活 (節選)

> 去年放暑假的時候，爸爸帶我到鄉下探望爺爺，度過了非常難忘的快樂時光，至今依然歷歷在目……

以上的例子，寫的是去年放暑假發生的事情，離目前有一段時間的距離，所以是用倒敘的方式寫出來。

3. 插敍

插敍就是在記述一件事情的經過時，需要插入敍述另一件有關聯的事情情節，然後再回到原來的敍述。例如：

在陽台上 (節選)

> 仲夏的夜晚，我最喜歡站在陽台上仰望天空，看看那些閃閃發光的星星。
>
> 「表姐，表姐，原來你這麼喜歡來陽台看天上的星星！」來我家作客的表妹晶晶說。
>
> 「當然了！星星是多麼光亮、多麼耀眼的啊！難道你不喜歡看嗎？」我反問她。
>
> 「我當然喜歡看星星了，不過不是看天上的，而是看地下的。」表妹調皮地擠弄着眼睛說。
>
> 「不要亂講，地上哪裏會有什麼星星的？」我不高興地說。

「有的，有的，表姐啊！不信你到尖沙咀海濱的星光大道去看看！而且不僅是在晚上，就連白天也可以看哩！」

表妹雙眼瞪得大大的，對我說起她前些日子在星光大道看「星星」的事情來。

……

以上這篇文章本來是寫作者在陽台上看星的事情，但當中插入表妹去星光大道看「星星」的事情，就是屬於插敘的寫法。

佳作示例 1

桂林的山 (節選)　豐子愷

聞名已久的桂林山水，果然在民國二十七年六月二十四日下午展開在我的眼前。初見時，印象很新鮮。那些山都拔地而起，好像西湖的莊子內的石筍，不過形狀龐大，這令人想起古畫中的遠峯，又令人想起「天外三峯削不成」的詩句。至於水，灕江的綠波，比西湖的水更綠，果然可愛。

> 順序記述初見桂林山水的印象。

寫作小貼士

文章順序地記述對於桂林山水見識的過程，循序漸進寫出景色之美，形象而感性。

佳作示例 2

撿麥穗 (節選)　張潔

當我剛能歪歪咧咧地提着一個籃子跑路的時候，就跟在大姐姐身後撿麥穗了。

對我來説，那籃子太大，老是磕碰着我的腿和地面，鬧得我老是跌跤。我也很少撿滿一籃子，因為我看不見田裏的麥穗，卻總是看見螞蚱和蝴蝶，而當我追趕牠們的時候，籃子裏的麥穗，便重新掉進地裏。

有一天，二姨看着我那盛着稀稀拉拉幾個麥穗的籃子説：「看看，我家大雁也會撿麥穗了。」然後她又戲謔地問我：「大雁，告訴二姨，你撿麥穗做啥？」

我大言不慚地説：「我要備嫁妝哩！」

二姨賊眉賊眼地笑了，還向圍在我們周圍的姑娘、婆姨們擠了擠她那雙不大的眼睛：「你要嫁誰呀？」

是呀，我要嫁誰呢？我忽然想起那個賣灶糖的老漢。我説：「我要嫁那個賣灶糖的老漢！」

她們全都放聲大笑，像一羣鴨子一樣嘎嘎地叫着。笑啥嘛！我生氣了。難道做我的男人，他有什麼不體面的嗎？

賣灶糖的老漢有多大年紀了，我不知道。他額上的皺紋，一道挨着一道，順着眉毛彎向兩個太陽穴，又順着腮幫彎向嘴角。那些皺紋，給他的臉上增添了許多慈祥的笑意。

以倒敍形式憶述童年趣事。

當他挑着擔子趕路的時候，他那長長的白髮，在他剃成半個葫蘆樣的後腦勺上，隨着顛悠悠的扁擔一同忽閃着。

我的話，很快就傳進了他的耳朵。

那天，他挑着擔子來到我們村，見到我就樂了。說：「娃呀，你要給我做媳婦嗎？」

「對呀！」

他張着大嘴笑了，露出了一嘴的黃牙。後勺上的白髮，也隨着他的笑聲一起抖動着。

「你為啥要給我做媳婦呢？」

「我要天天吃灶糖哩！」

他把旱煙鍋子朝鞋底上磕着：「娃呀，你太小哩。」

「你等我長大嘛！」

他摸着我的頭頂說：「不等你長大，我可該進土啦。」

聽了他的話，我着急了。他要是死了，那可咋辦呢？我那淡淡的眉毛，在滿是金黃色絨毛的腦門兒上，擰成了疙瘩。我的臉，也皺巴得像個核桃。

他趕緊拿塊灶糖，塞進了我的手裏。看着那塊灶糖，我又咧着嘴笑了：「你莫死啊，等着我長大。」

他又樂了。答應着我：「莫愁，我等你長大。」

「你家住啊嗹？」

「這擔子就是我的家，走到啊嗹，就歇在啊嗹。」

我犯愁了：「等我長大，去啊嗹尋你呀？」

「你莫愁，等你長大，我來接你！」

這以後，每逢經過我們這個村子，他總是帶些小禮物給我。一塊灶糖，一個甜瓜，一把紅棗……還樂呵呵地說：「來看看我的小媳婦呀！」

我呢，也學着大姑娘的樣子——我偷見過——讓我娘給我找塊碎布，給我剪了個煙荷包，還讓我娘在布上描了花。我縫呀，繡呀……煙荷包縫好了，我娘笑得個前仰後合，說那不是煙荷包，皺皺巴巴，倒像個豬肚子。我讓我娘給我收了起來，我說了，等我出嫁的時候，我要送給我男人。

寫作小貼士

作者以倒敘形式憶述童年的趣事，突顯出小孩子的天真無邪，純潔可愛。

好詞佳句摘錄

 好詞

- **由衷**：出於本心，真心誠意。
- **歷歷在目**：清清楚楚地呈現在眼前。
- **賊眉賊眼**：形容舉動鬼祟，偷偷摸摸。
- **樂呵呵**：形容非常高興的樣子。
- **前仰後合**：身體前後晃動，多用來形容大笑時的樣子。

佳句

- 那些山都拔地而起，好像西湖的莊子內的石筍，不過形狀龐大，這令人想起古畫中的遠峯，又令人想起「天外三峯削不成」的詩句。

- 至於水，灕江的綠波，比西湖的水更綠，果然可愛。

- 她們全都放聲大笑，像一羣鴨子一樣嘎嘎地叫着。

- 我那淡淡的眉毛，在滿是金黃色絨毛的腦門兒上，擰成了疙瘩。我的臉，也皺巴得像個核桃。

- 那不是煙荷包，皺皺巴巴，倒像個豬肚子。

寫作小練習

一、用順敘的寫法,記述一個活動的過程。

_____

_____

_____

_____

_____

_____

_____

_____

_____

_____

_____

_____

_____

二、用倒敘的方法，記述一段你記憶中難忘的往事。

_____

_____

_____

_____

_____

_____

_____

_____

_____

8 各族共融的凱里

　　告別熱情豪邁的岜沙苗寨，我們又乘上汽車，直奔下一個目標——凱里市。

　　「香港的同學，這下很有意思啊，你們從東方之珠來，現在馬上就要到另一顆明珠——我們的苗嶺明珠去觀光了！」

　　導遊哥哥站在車上的過道，對着張志明和我，笑容可掬地逗趣道。

　　「哈！苗嶺明珠，這名字真好聽！你指的是凱里市嗎？」

　　陳海珊插過來問。

　　「不錯，正是那個地方。」

　　導遊哥哥回答。

　　「可以給我們介紹一下凱里市的情況嗎？」

　　坐在我後面的何芳芳問。

「當然可以，這就是我的責任嘛。」

導遊哥哥笑著就講開了。他告訴大家，凱里市，簡稱「凱」，位置是在貴州省的東部，也是主要的中心城市之一，並且獲得全國十佳生態文明城市的美譽。由於氣候溫和，資源豐富，有許多少數民族市民居住，包括苗族、侗族、布依族、水族、彝族、藏族、瑤族、滿族、回族、蒙古族、景頗族、黎族、京族、朝鮮族、土家族、白族、傣族、藏族、維吾爾族以及革家、西家和漢族等等。總人口大約有五十四萬多。

「嘩！這麼多的少數民族，我扳下十個手指頭，數也數不過來！」

陳海珊伸伸舌頭說。

大家都笑了。

導遊哥哥說：

「是啊，你只有十個手指頭，凱里的少數民族卻有三十三個那麼多！由於少數民族多，一年到晚，各種各樣的節日也很多，所以這裏又有『百節之鄉』的別稱。」

何芳芳說：

「真的啊？有些什麼特別的節日呢？」

導遊哥哥說：

「那就多了，有唱歌跳舞的，也有鬥牛賽馬的，還有吹蘆笙、唱侗戲、踩銅鼓、賽龍舟、玩龍燈、搶花炮等，一年之中的節日集會超過二百個，什麼爬坡節啦、姊妹節啦、四月八、吃新節、龍舟節……另外，苗族的苗年、侗族的侗年、泥人節、摔跤節、林王節、三月三歌節、二十坪歌節、水族的端午節、瑤族的盤王節等等，真是五花八門，名目繁多得不得了！」

說到這裏，汽車停下來了。

原來我們已經到達凱里市的一間大賓館。

大家下車一看，這個賓館的門面十分堂皇富麗，建築也是全新的，看上去令人感到格調高尚而舒適。

幾個穿着制服、笑容滿面的服務生，馬上出來為我們搬運行李，令我們有一種賓至如歸的感覺，便輕鬆愉快地走了進去。只聽到大廳傳來一陣陣悠揚的歌聲。大家尋聲望過去，看到有一羣金髮碧眼的外國人在唱着好聽的歌。

導遊哥哥輕聲地告訴我們，這幾天有一個國際性的民歌表演比賽在凱里舉行，這些西方青少年應該是從海外來的參賽者。最近這些年，凱里的文化旅遊業發展得很快，服務質素也不斷地提高，吸引了全世界許多國家和地區的遊客到來。而且常常有各種各樣大型的音樂、舞蹈表演比賽在這裏舉行。

就是這樣，我們在動聽的歌聲伴隨下，登上電梯，進入房間。

「很漂亮啊！看那牆上掛着的裝飾品。」

陳海珊拍手叫了起來。

我抬頭一看，只見牆上掛着一面美麗精緻的大銅鑼，真好看！這個賓館的客房布置，也很講究、頗有少數民族的文化藝術特色呢！

解開行李，稍作梳洗之後，我們就到大廳集合，導遊哥哥帶我們步行到附近的民族美食街去用晚餐。

原來就在離這個賓館的不遠處，有一條彎彎的小河流，河邊楊柳依依，分布着大大小小、各式各樣的食店，形成一條熱鬧繁華的民族美食街。

剛剛入夜，華燈初上，美食街已經聚合了不少中外遊客。

導遊哥哥把我們帶到一間比較大的苗族飯店。

幾位打扮得很美麗的苗族少女，拿着竹筒盛載的甜酒，唱着悅耳的《勸酒歌》，喜氣洋洋，迎接每一位客人。由於我們小學生還不到飲酒的年紀，她們便很輕易地「放過」了我們。

進入餐廳後，我們圍着長長的餐桌坐下來。一會兒，香噴噴、熱騰騰的美食，陸陸續續地端上來了。

最特別的菜式，是一種酸湯魚，不大不小的魚，和湯水一起煮，味道有點酸、有點辣，吃起來很開胃

的呢。

　　導遊哥哥介紹説，這是貴州黔東南地區苗族人民最喜愛的酸食傑作，也是當地最有名的菜式。

　　有句老話，説是「一方水土養一方人」，由於這裏的自然環境潮濕多雨，容易感染風寒或腸胃炎，腹痛腹瀉。加上有山區的喀斯特地貌，分布着大量的石灰岩，難以溶解於水，令當地飲用水的水質變成為「硬水」，人們長期飲用，容易患上結石、泌尿系統之類的疾病。所以，聰明的苗族人針對這些問題，炮製出了特別的酸食，就是在食物中加入西紅柿（番

茄）、辣椒等等來烹飪，造成別具一格的酸食菜式，一來可以讓人增加食慾，二來可以幫助消化和止肚瀉，三來可以防止人身體內的酸鹼失衡，避免患上膽結石腎結石等疾病。

「沒想到這酸湯魚這樣好吃又有益，而且還有這麼多學問在裏頭。導遊哥哥，你真是見多識廣啊！」

陳海珊一邊吃着，一邊讚賞道。

我也表示同意。

這一頓晚餐，色香味全，人人都吃得很暢快。當大家吃飽喝足以後，便離開餐廳，步行回賓館。

在路上，何芳芳對帶隊的王老師說：

「王老師，這幾天我在遊學團認識了許多人，也知道了很多新鮮的事物，都想寫一寫。如果在記敍文中，不是從作者的角度去寫，而是寫別人的事情，比如要寫岜沙的苗族火槍手，那是不是可以的呢？」

王老師說：

「當然可以，記敍文是可以用第一人稱或者第三人稱來寫的。等會兒回到賓館，我就會給大家講解一下有關這個方面的寫作問題。」

記敍文敍述的人稱

這裏所說的敍述的人稱，其實就是指作者在敍述中的立足點和角度。確定了敍事人稱，就確定了敍述作者的身分和立足點，根據作者與所述的事件的關係，敍述的人稱可分為第一人稱和第三人稱。

1. 以第一人稱敍述

用第一人稱「我」或者「我們」來寫記敍文，可以把內容通過「我」或「我們」，把信息傳給讀者。所敍所寫都是敍述者親眼所見、親耳所聞、親身經歷，這樣便於作者直接充分地表達自己的思想感情，又給讀者一種真實、親切、自然的感覺。

不過，它也有局限：由於敍述者就是當事人，所以敍述的人與事，只能限於「我」的活動範圍以內的人與事，活動範圍以外的人物與事件就不能寫進去，否則就不真實可信了。例如：

我愛我的家

我的家是在香港的一個舊區裏。

不少人對舊區的印象不好，認為那裏又髒又亂，住在裏面，日子一定不好過。其實，那只是一種偏見。在我的生活經驗中，舊區的環境和設施，有一種傳統的閒適和親切的格調，而且住在舊區內的人，大都是樸實、真誠，待人親切的，鄰居們都能和睦相處，相互之間的關係和諧，不會像一些高級住宅區，人與人之間那樣關係疏離。

以上的例子，就是以第一人稱敘述的，所寫的人和事，都是屬於作者的切身體會，是其他人不能替代的，令讀者讀來更有真實感及現場感。

2. 以第三人稱敘述

記敘文也可以用第三人稱來敘述，就是敘述者站在旁觀者的立場上，把別人經歷的事情及其變化的過程深入、具體地寫出來。第三人稱的敘述者可以有全知的視野，既不受時空地域的限制，敘述的角度也相對自由而廣闊，把情節深入、全面地展現開來。例如：

中文抄書比賽

星期三，全班同學都參加中文抄書比賽，所以人人都帶了毛筆墨盒回學校。

正當開始進行抄書比賽的時候，黃志強匆匆忙忙地走入課室，不小心碰跌了梁仲偉的墨盒，令黑色的墨汁濺了出來，便連忙向他道歉。

梁仲偉正在寫的毛筆字也一下子被震歪了，但他卻沒有發脾氣，反而用殷切關懷的語氣問黃志強：

「我不要緊。你的校服有沒有被墨汁弄污了？」

以上的例子，就是用第三人稱來敘事的，用旁觀者的眼光，去看發生的事件，把當事人的言行舉止、對答內容一一地寫了出來，有「旁觀者清」的效果。

佳作示例

憔悴的弦聲 (節選)　葉靈鳳

<u>每天，每天，她總從我的樓下走過。</u>

<u>每天，每天，我總在樓上望着她從我的樓下走過。</u>

啞默的黃昏，慘白的街燈，黑的樹影中流動着新秋的涼意。

在新秋傍晚動人鄉思的涼意中，她的三弦的哀音便像晚來無巢可歸的鳥兒一般，在黃昏沉寂的空氣裏徘徊着。

沒有曲譜，也沒有歌聲伴着，更不是洋洋灑灑的長奏，只是斷斷續續信手撥來的弦響，然而在這零碎的弦聲中，似乎不自己的流露出了無限的哀韻。

灰白的上衣，黑的褲，頭髮與面部分不清的模糊的一團，曳着街燈從樹隙投下長長的一條沉重的黑影，慢慢的在路的轉角消滅。似乎不是在走，是在幽靈一般的慢慢的移動。

人影消滅在路角的黑暗中，斷續的弦聲還在黃昏沉寂的空氣裏殘留着。

<u>遙想在二十年，或許三十年以前，今日街頭流落的人兒或許正是一位顛倒眾生的麗姝</u>，但是無情的年華，聽着生的輪轉，毫不吝嗇的凋剝了這造物的傑

> 以第一人稱「我」來記敍。

> 有些事情是「我」不知道的，這是使用「第一人稱」的局限。

作，逝水東流。弦聲或許仍是昔日的弦聲，但是撥弦的手決不是昔日的纖手了。

黃昏裏，倚在悄靜的樓頭，從凌亂的弦聲中，望看她蠕動的黑影，我禁不住起了曇華易散的憐惜。

每天，每天，她這樣的從我的樓下走過。

每天，每天，我這樣的望着她從我的樓下走過。

幾日的秋雨，遊子的樓頭更增加了鄉思的惆悵。小睡起來，黃昏中望着雨中的街道。燈影依然，只是低濕的空氣中不再有她的弦響。

雨晴後的第一晚，幾片秋風吹下的落葉還濕黏在斜階上不曾飛起，街燈次第亮了以後，我寂寞的倚在窗口上，我知道小別幾日的弦聲，今晚在樹蔭中一定又可以相逢了。

但是，樹蔭中的夜色漸漸加濃，街旁的積水反映着天上的秋星，慘白的街燈下，車聲沉寂了以後，我始終不曾再見有那一條沉重的黑影移過。

寫作小貼士

文章以第一人稱「我」，述說一個在街頭彈三弦的老婦人，從出現至消失的經過，完全通過敍述人「我」的視野和聽覺反映出來，予讀者以真實、親切的感覺。

好詞佳句摘錄

好詞

- **笑容可掬**：笑容滿面的樣子。
- **賓至如歸**：客人到了這裏就像回到自己家一樣，形容旅館、餐廳等招待周到。
- **華燈初上**：指剛剛天黑，家家戶戶點上明亮燈火的時候。
- **洋洋灑灑**：形容規模或氣勢盛大，也形容文章或談話內容豐富，連續不斷。
- **斷斷續續**：時而中斷，時而繼續。

 ## 佳句

- 啞默的黃昏，慘白的街燈，黑的樹影中流動着新秋的涼意。

- 在新秋傍晚動人鄉思的涼意中，她的三弦的哀音便像晚來無巢可歸的鳥兒一般，在黃昏沉寂的空氣裏徘徊着。

- 幾日的秋雨，遊子的樓頭更增加了鄉思的惆悵。

恩深情重

　　遊學團在凱里的日程安排相當緊湊，各種觀光活動豐富多彩。我們參觀了原生態的造紙作坊，是本地少數民族的傳統工藝。他們就地取材，把樹皮和樹葉打爛成漿，再通過幾道不同的工序，製作為紙張。難

能可貴的是，整個過程，全部是用人手操作的。造出來的紙，質地厚薄適中，而且十分耐用。我們每一個團員活學活用，自己動手，親身體驗，最後得到每人一紙，再用筆墨寫字，或者畫圖，作為這次活動的最佳留念。

另外，我們又到出產苗族女子裝束超短裙的「短裙苗」的鄉村中去，細看那既傳統、又時尚的霓裳麗服是如何誕生的。正如導遊哥哥說，「短裙苗」是貴州地區上百個苗族分支中的一支。這裏的女子很早很早就走到了潮流的尖端，因為後來在歐美時裝界流行的超短裙，其實在幾百年前苗家女子當中，就已經超前領先出現了！「短裙苗」的女子，穿上短短的裙子，不但盡顯體態的健美，而且還突出表現青春與活力，真是棒極了！自然，這都是和她們的勤勞、智慧，以及非同一般的審美眼光分不開的。

那一天，自然而然的，要數我們遊學團的女生最開心了，因為人人都試穿起那繡工精緻、美輪美奐的苗族短裙，在百花盛開的原野上、荷塘畔留下倩影。

然而，最令我印象深刻的，是在凱里的最後一個

活動——參觀本地一個規模龐大的少數民族非物質文化遺產博物館。佔地四層的展覽館，分為少數民族服飾、古民居用品、手工藝品以及銀製首飾文化等四個展廳。

當我們走到少數民族服飾展覽廳參觀的時候，就被一個巨大的玻璃窗櫥中展示着的、兩條當地少數民族手工製作的背帶深深地吸引住了：其中一條是用色彩繽紛的花布拼合而成，還以各種不同顏色的彩線，刺繡上精美的圖案，鮮艷細緻，賞心悅目。而另一條背帶，顯得特別巨大，用料是手織的土布，在扎染的深藍底色上，只是簡簡單單地綴着一朵朵樸拙的白色小花。按照一般的常識，背帶都是成年人用來背嬰兒的，但是這兩條特別展示的背帶，除了帶有強烈的少數民族民間藝術特色之外，實際上也有不同的用途，在場的講解員道出了其中的差別：小的一條背帶，是父母用作背負小嬰兒的；而大的那一條背帶，是為家中年紀老邁、不良於行的長者而備，由相對年輕的家庭成員貼身照顧他們，每每出外耕作之時，就是用這種特大的背帶把老人背負在身上。

　　聽罷這一番介紹，展廳內頓時一片寂然，從呱呱
墜地，到年老體衰，這兩條背帶，維繫了人生必不可
少的養育之恩和反哺之情，怎不能令人動容？我想起
在我們的歷史上，早已載有先賢對養育之恩和反哺之
情的不絕讚美。明朝李時珍的《本草綱目·禽部》有
載：「慈烏：此鳥初生，母哺六十日，長則反哺六十
日，可謂慈孝矣。」以鳥及人，頌揚慈孝，以至成為
我們的文化經典。想不到在這裏看到的一小一大兩條
背帶，正是我們的人民慈孝美德兼備的最佳物證。
與此同時，我還想起了我曾經看過的一篇兒童小說

《從嬰兒車到輪椅》，寫的是一個祖父和孫兒，在人生的漫長歲月中互相扶持的故事，恩深情重，細膩動人。從嬰兒車到輪椅，從小背帶到大背帶，似乎有着異曲同工之妙，不一樣的物品，卻都一樣的牽動着從人生的起始至終結，跨代承傳的養育之恩和反哺之情。

我禁不住把目光再次投注在那一條藍底白花的特大背帶上，腦海中自然而然地浮現一個活生生的鏡頭：一個壯年的苗族農夫，用背帶背着衰老的父親，一步一步地登上半山翠綠的梯田，兩父子還不時地低語交談，這個畫面實在是太溫馨，太令人感動了！

然而，不能不看到的是，在物質充裕的當今之世，在敬老護老的問題，也成為引人關注的社會焦點！記得一年前，就在中秋月圓，家人團聚的傳統節日之際，曾經傳出令人心痛的一則報道：某一個家庭，年紀老邁的父母一早動手，殺雞做菜，準備好過節的豐盛美食，滿心歡喜地等待着六個子女回來吃一頓傳統的團圓飯。豈料左等右等，一直等到深夜，也沒有

一個兒女回來，兩老父母被傷透了心⋯⋯

　　面對窗櫥中展出的背帶，我思潮起伏，想了又想，想了許多：慈孝美德的培養，既不能只講空話，也不能匆促而成。最好就是像玻璃櫥窗中展示的背帶那樣，具有發自內心的樸實、體貼、精細，恩深情重，一代接一代的繼往開來，傳承下去。

　　「靜雯同學，你在想什麼呢？這麼入神！是不是看見這兩條背帶，被觸動感情了吧？」

　　王老師走過來，輕輕地拍着我的肩膀，問。

　　「嗯，不好意思，想得太多，我失態了。」

　　我有點尷尬，快速地用手抹了一下淚濕的眼睛。

　　「不要緊，用不着說不好意思的。這些展品顯示了製造者和使用者的深厚感情，對我們有很好的啟發作用，看完以後，你把自己的想法和感受寫下來，會成為一篇好文章的。」

　　王老師親切地鼓勵我。

　　寫下來，把自己的想法和感受寫下來！我也準備這樣做了，但是，如何才能在記敘文中更好地表達和抒發自己的感情呢？

記敍文的抒情

在記敍文中，內容也可以有抒情的部分，並且可以用不同的技巧進行寫作。包括：

1. 直接抒情

在記述事情發生、發展和變化的過程中，直接地抒發作者的思想感情，可以突出作品中心主題，以及所寫的人物或景物。

例如故事裏寫的就是這樣的例子：

> 我禁不住把目光再次投注在那一條藍底白花的特大背帶上，腦海中自然而然地浮現一個活生生的鏡頭：一個壯年的苗族農夫，用背帶背着衰老的父親，一步一步地登上半山翠綠的梯田，兩父子還不時地低語交談，這個畫面實在是太溫馨，太令人感動了！

這一段描述「我」看到少數民族用來背老人的背帶時，深深地受到觸動，聯想起有關慈孝恩情的種種問題，寫出直接抒發情感的文字。

 **佳作示例 1**

天山景物記 (節選)　碧野

　　你到過天山嗎？天山是我們祖國西北邊疆的一條大山脈，連綿幾千里，橫亙准噶爾盆地和塔里木盆地之間，把廣闊的新疆分為南北兩半。<u>遠望天山，美麗多姿</u>，那長年積雪高插雲霄的羣峯，像集體起舞時的維吾爾族少女的珠冠，銀光閃閃；那富於色彩的不斷的山巒，像孔雀正在開屏，豔麗迷人。

直接寫出作者對天山的讚美。

　　<u>天山不僅給人一種稀有美麗的感覺，而且更給人一種無限溫柔的感情。</u>它有豐饒的水草，有綠髮似的森林。當披着薄薄雲紗的時候，它像少女似的含羞；當它被陽光照耀得非常明朗的時候，又像年輕母親飽滿的胸膛。人們會同時用兩種甜蜜的感情交織着去愛它，既像嬰兒喜愛母親的懷抱，又像男子依偎自己的戀人。如果你願意，我陪你進天山去看一看。

寫作小貼士

作者通過記述天山的各種景物，直接抒發讚美之情，生動而自然。

2. 間接抒情

間接抒情就是在記敘文中不直接表達感情，而是把感情寄託在事情、景物或物件之中，包括借事抒情、借物抒情和借景抒情。

1 借事抒情

借事抒情就是藉着記述事情事件來抒發感情。

❀ 佳作示例 2

澈如水晶 (節選)　林清玄

不遠處，就是海了，一層青、一層藍、一層靛的，完全沒有污染的海。

「這石階可以通到海邊嗎？」怕驚擾了他的工作，我小聲的問工人。

他正一分一分地挪着手上的石塊，約三十秒後，他頭也沒抬地說：「往下走，轉兩次彎，就到海邊了。」

我興奮地沿石階跳躍而下，心情歡愉像一個孩子，我發現階梯的兩旁開滿牽牛花，比平常看到的還要碩大，是最美麗的淺紫色，色澤清麗，還帶着今天清晨的露水。

> 記述工人在海邊造石階的事。

小學生必學的記敘文寫作

到了海邊，看到海岸的卵石美麗不輸給牽牛花，粒粒皆美，獨一無二。一艘漁船正順着波浪在海岸不遠處載沉載浮。

　　我蹲下來撿石頭。

　　我向來都喜歡海邊的卵石，因為這些石頭從來沒有隱藏，也不故意顯露，它只是在海岸如實呈現它的美與風采。它不怕人笑，也不排斥別人的掌聲。

　　<u>這石頭、這海洋、這路邊的牽牛花、這專心排石階的工人，都如是如實地在演出自己，既沒有隱藏，也沒有顯露。這樣一想，使我震驚起來：呀！呀！原來我們身邊最美的事物，無不如實、明白、澈如水晶。</u>

　　只可惜這水晶映現的沛然萬象，凡俗的眼睛都把它當玻璃來看待。

　　如果我們要看見這世界的美，需要有一對水晶一樣自然清澈的眼睛；如果我們要體會宇宙更深邃的意義，則需要一顆水晶一樣清明、沒有造作的心。

寫作小貼士

　　作者通過工人在海邊造石階的事件，歌頌清澈的、自然的美感，一層層地深化主題。

2 借物抒情

借物抒情就是通過描寫客觀事物，委婉地寄託作者的思想感情。

 **佳作示例 3**

樹戀 (節選) 周蜜蜜

古人認為寧可食無肉，不可居無竹，我卻覺得，凡人不可居無樹。

在十年樹木已成過去的科學文明時代，我親眼看着滄海變桑田，只是一年之間的事情。鳳凰樹生長的那個公園，就是我看着那一車一車白沙土倒入海中，裝填出來的。不久，樹木也栽進了沙土，才一年半載，一個林木扶疏的綠洲，變戲法般出現了。

看，那樹冠上紅花似火的，是火焰木，多麼形象寫實的名字！

比洋紫荊更為深濃的紫花樹，原來叫做大葉紫薇，何等貼切！

幽香撲鼻的是常開不敗的白玉蘭。

淡香清新，黃白雅致的是雞蛋花。

夜來飄芳，送香入眠的是荷花玉蘭。

葉子尖長，有花紋圖案，又構圖特別的是花葉刺桐。

> 描寫不同植物的時候，帶有作者的感情。

另外還有銀樺、龍柏、松、桃、竹、梅、南洋杉。

我像劉姥姥走入大觀園，一路看着那些新樹，一路讀着標示樹名的牌子，只覺再次徜徉在兒時的夢境。

一陣悠揚的音樂聲飄過，似乎更加強夢幻的效果。但我定神細看時，清醒地知道，這不是夢：一羣白髮蒼蒼的老人，在樹下舉手投足，翩然起舞。這活生生的景象，令我深深地感動。生命若樹，樹若生命，從少到老，人的生命，總是和樹的生命相依相伴。要使生命之樹常綠，必要使自然之樹常綠。為此，我毫不猶豫地前去參加一個大型的植樹活動了。

借物（樹）抒情。

寫作小貼士

作者以樹寓意生命的蓬勃生機和向上活力，抒發對植物以及人生的珍愛之情，形象、生動而感人。

3 借景抒情

借景抒情是指作者因為受到外在景物的觸動，激起蘊藏於內心的感情，在記敘文中加以發揮。

佳作示例 4

我愛水 (節選)　張秀亞

　　最喜愛的那片水，該是故都城北的什刹海了。那如一塊青玉的平靜流水，曾做了我四年的伴侶。

開首直接抒情。

　　什刹海正位於我母校的後門，度過一道築在溪水上的石橋，再一轉彎，便會聽見那愉快的水聲，伴着水濱青翠的樹色在歡迎來訪者了。逢着清晨無課，我總是拿了一本詩集，在水邊徜徉，那時候，正是充滿了詩意與幻夢的年紀，水邊有時是「自在飛花輕似夢」的詩境，有時是「無邊絲雨細如愁」的淒涼境界，還有什麼更適於少年的心靈流連徘徊？我常是將書放在身邊，雙足垂到水面，叫水上的白雲，將我帶到又溫暖又惆悵的幻夢裏。我曾有一首小詩，其中兩段是：

　　我曾持一卷詩一朵花來到你身旁，

　　在柳蔭裏靜聽那汩汩的水響。

　　詩，遺忘了；花，失落了，

　　而今再尋不到那流走的時光。

　　你曾幾番入夢，同水上一片斜陽，

　　還有長堤上賣書老人的深色衣裳。

　　我曾一疊疊買去他的古書，

　　卻憾恨着買不去他那暮年的悲傷。

詩中「你」的稱謂，即是指什剎海，這首詩裏，實在交織着無限的懷念和悵惘。

　　什剎海的可愛處，在於它的「變」，在於它的「常」，晴陰風雨，春去夏來，水邊的景色不同，而它那最高度的美與宜人處，卻永遠蘊藏在那一片朦朧水霧，以及瀲灩清光裏，引人繫戀。

借景（什剎海）抒情。

　　當冬天撤去了那皎白的冰雪之幕，在水面薄冰上試步的樂趣享不到了，但一片溫柔的春意，卻把整個什剎海的靈魂浸透了。不知何處傳來一聲聲鷓鴣的啼喚，像是那麼遙遠，又像是那麼逼近，聽來似是不分明，然而卻又是那般動聽，直扣人的心門。再過幾天，水邊的楊柳出了淺淺的綠痕，水堤上的泥土漸軟了，而幾場雨後，水已平了堤，時時刻刻似乎要漲溢出來，卻又似被一道神秘的邊界拘攔住了。一直在那裏溶溶漾漾，如同一個殷勤的主人的手，將酒杯斟得太滿了，使每一個來遊者，都想一嘗這葡萄色的瓊漿，而低吟：「呵，你新鮮的湖水，陶醉了我的心靈。」

抒發作者的感受。

寫作小貼士

　　作者通過描寫什剎海的水景，「變」與「常」的不同之處，細訴自己內心深處的感受。

好詞佳句摘錄

好詞

- **難能可貴**：難做的事而能做得到，所以特別可貴，值得珍視。
- **美輪美奐**：形容房屋高大美觀，也形容裝飾、布置等美好漂亮。
- **載沉載浮**：在水裏上下浮沉。
- **白髮蒼蒼**：滿頭都是銀白色的頭髮，形容人年紀老邁。
- **翩然**：形容動作輕快的樣子。

佳句

- 遠望天山，美麗多姿，那長年積雪高插雲霄的羣峯，像集體起舞時的維吾爾族少女的珠冠，銀光閃閃；那富於色彩的不斷的山巒，像孔雀正在開屏，豔麗迷人。

- 天山不僅給人一種稀有美麗的感覺，而且更給人一種無限溫柔的感情。

- 當披着薄薄雲紗的時候，它像少女似的含羞；當它被陽光照耀得非常明朗的時候，又像年輕母親飽滿的胸膛。

- 這石頭、這海洋、這路邊的牽牛花、這專心排石階的工人，都如是如實地在演出自己，既沒有隱藏，也沒有顯露。

- 如果我們要看見這世界的美，需要有一對水晶一樣自然清澈的眼睛；如果我們要體會宇宙更深邃的意義，則需要一顆水晶一樣清明、沒有造作的心。

寫作小練習

　　試在第九章故事（第 98 至 103 頁）裏，找出屬於抒發情感的文字，並看看分別是運用哪一種方法去寫的。你可寫在下面的橫線上，也可列表填寫。

_____

_____

_____

_____

_____

_____

_____

_____

10 獲益無窮

　　一個星期的遊學時間過得真快，馬上就要結束了。

　　臨別的最後一個晚上，本地一百名各個民族的小學師生代表，和我們兩岸四地小學生神州遊學團的全體團員舉行了一個盛大的聯歡晚會。

　　在燈火通明的會場上，坐滿了身穿各式服裝，色彩繽紛、鮮豔奪目的各族小學生，場面熱鬧而感人。

　　一位本地的小學校長首先上台致詞，他以主人家的身分，表示遊學團選中這裏作為遊學地區，令他和本地的所有同學和老師，都深深的感到高興、榮幸。他又對遊學的經驗和成果，給予高度的評價。聽得大家熱血沸騰，用力地鼓掌致意。

　　接着，何芳芳代表我們兩岸四地小學生神州遊學團的團員發言，向本地的師生、接待我們的各個地方

的朋友、導遊哥哥姐姐致以衷心的感謝。又談到了這一次遊學的體會和感想，認為自己學到了在原來的生活中學不到的知識，真正領略到「讀萬卷書不如走萬里路」的真諦，特別是實地活學記敍文寫作的重要知識和技巧，的確是獲益無窮啊！

好一個何芳芳，說出了我們的心裏話，大家都為她熱烈地鼓掌歡呼。

接下來，是大家互相贈送禮物的環節。本地的各族小學生向我們——兩岸四地小學生神州遊學團的團員獻鮮花和紅領巾，我也拿出了自己手做的心意卡，還有香港著名景點的明信片送給對方，以及來自中國內地、台灣及澳門的同學。與此同時，我也收到了各地同學贈送的書簽、貼紙、手帕、筆記本等禮物，總之是人人有份，皆大歡喜。當然，大家彼此之間，看重的不是物質，而是無價的友誼友情。

互贈過禮物之後，大會司儀宣布文藝表演開始。舞台上放射出幻彩似的光芒。

各民族的歌唱表演、舞蹈表演、詩歌朗誦、演奏蘆笙、銅鑼銅鼓敲擊樂表演、武術表演……各種各樣

的精彩節目，一個接一個地在台上演出，令人目不暇給，驚喜連連。直至晚會的尾聲，達到了最高潮——大家互相道別的時刻到了，台上台下的每一個人，心中都有千千萬萬般不捨，互相訴説希望重逢的殷切心情。

「同學們，這次遊學令我獲益太多、太多了！希望下一次你們一起到台灣寶島來遊學，我在台灣等着你們！」

陳海珊滿懷深情地説出這句話，溢出了滿眼的淚水。

就像一石激起千重浪，大家即時競相邀請：

「我也希望你們來鵬城遊學，我在深圳等着你們！」

何芳芳熱情地説。

「我在東方之珠香港等着大家來遊學！」

張志明笑着説。

「我在澳門塔下，金蓮花廣場等着你們來！」

來自澳門的一位男同學説。

「希望你們很快很快再到這裏來！」

一位本地的苗族女生説。

「好啊！好啊！」

許多聲音響應着，許多人互相握手、擁抱着，遲遲不願離去……

翌晨，我們兩岸四地小學生神州遊學團的所有團員，按照預定的時間，登上高鐵列車，各奔前程，返回原地。

一切都很圓滿，順利。

幾個小時後，我就回到家，見到了爸爸媽媽。

當天晚上，為了答謝姨丈姨媽，介紹我參加獲益良多的遊學團，爸爸媽媽特別宴請他們全家人。

偉光表哥看到我，就笑着説：

「嘿嘿，雯雯表妹，看你容光煥發，應該是在遊學團過得不錯吧？你都去了什麼好玩的地方，見到些什麼新鮮的事物，講一些來聽聽好嗎？」

我搖頭不語。

「怎麼啦？想學我説一言難盡嗎？」

表哥相當敏感，盯住我説。

「我才不會拾人牙慧呢，只是我們的遊學團活動

妙不可言。」

我答道。

「什麼？妙不可言？記得我說過遊學團的活動內容一言難盡，也曾經告訴你我在遊學團見到的一些新鮮事物，你現在連一言也不願意告訴我嗎？」

表哥臉上的所有笑容都消失了，顯出不高興的樣子。

我卻忍不住「噗哧」地笑了，回道：

「我才不會那麼小器吝嗇呢！告訴你吧，我們這次去遊學，每天都是一邊遊覽，一邊學習寫作的。所以嘛，我們活學活用，把沿途上的所見所聞都寫下來了。你如果真有興趣看的話，我可以發電郵給你。」

表哥再次露出笑容說：

「那好哇，我當然很有興趣看，就要看你寫的是什麼東西，寫得好不好啦！」

我們都一齊笑了起來。

回家以後，我打開電腦，準備把這幾天寫下的遊學記錄文字全面地檢查一下，正好收到王老師發來的電郵通知，讓我們遊學團每一個成員，把自己寫的遊

學文章發到指定的網站上，因為要匯編成遊學記美文合集，在電子平台上發表，讓更多的讀者看得到。這真是太好了。不過，這次遊學的活動豐富，寫作資料很多，應該怎樣選擇，如何有所側重地敍述，令文章寫得更好，還是要講求技巧的，必須認真對待。

詳寫和略寫

　　寫記敘文要圍繞中心，突出主題，一般來說，有關主旨的事件和人物可以詳寫，無關緊要的細節和議論可以略寫甚至不寫。並以此為依據，安排材料的取捨和剪裁。

　　採用的材料多，詳詳細細的描寫，就是「詳寫」；採用的材料少，只是陪襯中心思想，輕描淡寫幾筆，就是「略寫」了。

　　比如本書的故事內容，遊學活動數量多，種類也多，但作者只是選擇有意義的、有趣的，以及和文章主題有關聯的材料來寫，而不是將每一天的遊學活動不分大小，巨細無遺地寫下來。

記敘文的結尾──首尾呼應

　　寫記敘文的時候，為了使主題表達得更完滿，在結尾的時候，要注意與開頭互相呼應。比如，本書故事開始時提過「我」的表哥鍾偉光說遊學活動豐富多彩，敘述起來「一言難盡」，後面則須要有個答案，結果可見，作者就用「妙不可言」來呼應，令全篇文章的故事和主題由始至終地連貫起來。

 佳作示例

閃亮的鋼琴家　周蜜蜜

　　秋日的黃昏，空氣是透徹地清爽。

　　在半島酒店寬敞而明亮的音樂廳裏，我們靜靜地等待着、等待着。

> 簡略描寫觀眾等待開場的情形。

　　沒過多久，門，一下子被推開了，大家都緊張地仰頭望過去，他，終於出現了──

　　一身整齊的黑色西裝，益發襯托出頭上的一圈銀髮如霜。這個形象，和熒幕上的沒有什麼大的差異，但見他近在眼前，是那樣充滿了親切的、可喜的活力，他幾乎像孩子般天真地露出友善的笑容，一蹦一跳到每個人的面前，伸出手來相握、擁抱，又疊聲地問好。然後，再到鋼琴旁坐下。

> 詳細描寫鋼琴家的外貌和舉動。

這就是他了，沒錯，風靡全球的得獎電影《閃亮的風采》（Shine）中描述的，一生交織着失望、凱旋、天才與愛，在面對逆境時全力奮鬥，終於能取得極大成功的主人翁大衞‧夏夫葛（David Helfgott）。

　　此刻，他就在我們中間，就在烏亮的鋼琴旁，伸出那雙舉世矚目的靈巧的手，即興演奏貝多芬的鋼琴名曲。

　　隨着時而若流水，時而若驚濤的鋼琴聲響，一身黑白分明，有如鋼琴鍵盤的那般鮮明的他，自有一種光采，閃亮的風采不經意地散發出來，令人為之振奮，為之感動。

　　一曲奏罷，掌聲齊響。他站立起來，一臉溫和的笑意。接着，步子輕快地走到我的身旁，愉快地指指窗外的夕陽，説：

選取合適的題材，塑造人物形象。

　　「看啊！多麼美麗的景色！」

　　就在他的引領下，我也站到了窗前。對面，是香港島在晚霞裝點着的各種建築物，全被落日塗上了透明的金黃色，確實是美妙非凡。

　　「這落日美景，落日美景啊！」鋼琴家反覆地在我耳畔讚歎着。

　　「你喜歡香港嗎？」我問。

「喜歡，我喜歡香港，我喜歡香港！」鋼琴家衷心地回答。

　　我的心房，彷彿迴響着他那美妙的鋼琴演奏聲，久久地，久久地不能平靜，人們把他稱為「閃亮的鋼琴家」，那是名副其實，他的閃亮，正源自他對世間所有美好事物的敏感，即使生命處於最惡劣的困境下，他也沒有放棄對世間美好事物、美好理想的追求，因此，他才有了今天，有了今天的一切一切。

> 點出文章的中心思想。

寫作小貼士

　　一位舉世聞名，連獲得奧斯卡獎的電影也反映他的事跡的鋼琴家，非同凡響，有很多題材可以寫。而在這篇文章中，作者以「閃亮的鋼琴家」為題，選擇了鋼琴家來香港演奏時，作者與之近距離接觸和交談的經過和片段，有所取捨地或「詳寫」、或「略寫」，突出中心思想，層層深入地說明主題，抒發內心的感受、感情。

　　至文章結尾，更是畫龍點睛地寫出了全篇的中心思想：「他的閃亮，正源自他對世間所有美好事物的敏感，即使生命處於最惡劣的困境下，他也沒有放棄對世間美好事物、美好理想的追求，因此，他才有了今天，有了今天的一切一切。」

好詞佳句摘錄

- **目不暇給**：形容東西很多，眼睛看不過來。
- **殷切**：熱切、急切。
- **拾人牙慧**：比喻抄襲別人的言論。
- **銀髮如霜**：形容銀白色的頭髮，像白色的霜一樣。
- **風靡**：形容事物很流行。。

- 秋日的黃昏，空氣是透徹地清爽。

- 隨着時而若流水，時而若驚濤的鋼琴聲響，一身黑白分明，有如鋼琴鍵盤的那般鮮明的他，自有一種光采，閃亮的風采不經意地散發出來，令人為之振奮，為之感動。

- 人們把他稱為「閃亮的鋼琴家」，那是名副其實，他的閃亮，正源自他對世間所有美好事物的敏感，即使生命處於最惡劣的困境下，他也沒有放棄對世間美好事物、美好理想的追求，因此，他才有了今天，有了今天的一切一切。

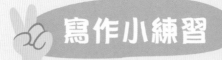

寫作小練習

一、試在第十章故事（第 114 至 120 頁）裏，找出哪一些
　　文字屬於詳寫；哪一些屬於略寫。

_____

_____

_____

_____

_____

_____

_____

_____

_____

_____

_____

小學生必學的記敍文寫作

二、記述一次遊行活動的經過，並寫出你的感受。

_____

_____

_____

_____

_____

_____

_____

_____

_____

_____

參考答案

寫作小練習（P.70）

自由作答。

寫作小練習（P.84-85）

一、自由作答。

二、自由作答。

寫作小練習（P.113）

直接抒情：

　　這兩條背帶，維繫了人生必不可少的養育之恩和反哺之情，怎不能令人動容？（P.101）

　　這個畫面實在是太溫馨，太令人感動了！（P.102）

借事抒情：

　　記得一年前，就在中秋月圓，家人團聚的傳統節日之際，曾經傳出令人心痛的一則報道：某一個家庭，年紀老邁的父母一早動手，殺雞做菜，準備好過節的豐盛美食，滿心歡喜地等待着六個子女回來吃一頓傳統的團圓飯。豈料左等右等，一直等到深夜，也沒有一個兒女回來，兩老父母被傷透了心……（P.102）

借物抒情：

　　面對窗櫥中展出的背帶，我思潮起伏，想了又想，想了許多：慈孝美德的培養，既不能只講空話，也不能匆促而成。最好就是像玻璃櫥窗中展示的背帶那樣，具有發自內心的樸實、體貼、精細，恩深情重，一代接一代的繼往開來，傳承下去。（P.103）

寫作小練習（P.126-127）

一、

詳寫：

* 臨別的最後一個晚上，舉行了一個盛大的聯歡晚會。
* 聯歡晚會上，小學校長和何芳芳的發言、互相贈送禮物的環節、互相道別的時刻。
* 「我」（梁靜雯）和表哥的談話。

略寫：

* 聯歡晚會文藝表演的具體情況。
* 回程時乘搭高鐵列車的過程。
* 「我」（梁靜雯）回家、見到爸爸媽媽的情況。
* 晚上，「我」和爸爸媽媽、姨丈姨媽、表哥一起吃晚飯。

二、自由作答。

小學生必學的記敘文寫作